Teneriffakatzen

Kirsten Schulitz

AF220000

Roman

Teneriffakatzen

Roman

© Kirsten Schulitz

Originalausgabe 2021

ISBN 9783754303580

Herstellung und Verlag:
BoD - Books on Demand, Norderstedt

Diese Geschichte hat sich in ähnlicher Form tatsächlich so ereignet.

Die Namen der Personen wurden geändert.

Widmung

Dieses Buch widme ich all den wundervollen Katzen Teneriffas, die mein Leben auf einem Teil meiner Wegstrecke begleitet haben oder noch begleiten.

Inhaltsverzeichnis

5

Ein Jahr ohne Katzen in Deutschland

Unsere beiden wundervollen Katzen Mila und Sandy waren vor einem Jahr leider beide gestorben. Daß es eine furchtbare Zeit war, brauche ich sicherlich keinem Katzenfreund zu erzählen.

Schon länger hatten mein Mann und ich vor, in den Süden auszuwandern. Nicht nur der Sonne wegen, sondern auch, weil insbesondere ich selber mich in Deutschland einfach nicht mehr wohl fühlte. Es war mir alles zu „ordentlich", zu geregelt, zu unfroh und unlebendig und durchaus auch zu teuer. Wir hatten das Gefühl, immer mehr arbeiten zu müssen, um gleichzeitig immer weniger Lebensqualität zu bekommen, Ich war nicht mehr glücklich in Deutschland, und meinem Mann Bob ging es ähnlich.

Mit Mila und Sandy wären wir nach Italien ausgewandert, denn dort fühlten wir uns in unseren seltenen Urlauben immer sehr wohl. Nun aber waren die zwei Schätzchen nicht mehr da. Und ich beschloß, ihrem traurigen Tod einen ganz kleinen Sinn zu geben: eine Auswanderung in ein Land, in das wir mit ihnen nicht gegangen wären.

Und so fiel nun die Wahl auf die kanarischen Inseln. Einen Flug, wie auf die Kanaren erforderlich, hätten wir diesen beiden Katzen, die ja auch schon älter waren, nicht zugemutet. Die Kanaren gehören zu Europa, haben aber dennoch einen Sonderstatus. Und wir erinnerten uns an unseren Urlaub auf Gran Canaria vor vielen Jahren, den wir sehr genossen hatten.

Natürlich wollten wir jetzt vorher keine Katzen wieder aufnehmen, die Auswanderung vor Augen.

Es war eine sehr harte Zeit für mich nun ohne Katzen im Haus. Seit meinem achtzehnten Lebensjahr teilte ich ich mein Leben mit Katzen. Und nun war da kein kleiner Tiger mehr. Alles war so still, so leer. Es war eine sehr schwere Zeit für mich.

Immerhin aber tröstete mich der Nachbarskater, den ich Chico nannte und der mich immer einmal wieder besuchte.

Doch ich wußte, ich würde erst dann wieder glücklich werden, wenn ich erstens wieder mit Katzen lebte und zweitens wir ein neues Zuhause hätten.

Bonny und Sunny

Keine Katzen vor der Auswanderung, dies war also unser Plan.

Doch dann kam alles anders...

Das Frauchen vom Nachbarskater Chico rief mich eines Tages an, daß dem Bruder ihres Mannes ein kleines Kätzchen zugelaufen wäre. Der Bruder wäre mit seiner Freundin und ihrem Hund im Wald spazieren gewesen, und da fanden sie das Kleine – ganz alleine und voller Zecken.

Sie schickte mir Fotos – eine dreifarbige Glückskatze, ca. sechs bis sieben Wochen jung.

Ob ich das Kätzchen nicht aufnehmen möchte?

Ich antwortete ihr natürlich, daß wir doch auswandern wollten und daher im Moment eigentlich keine neue Katze in frage käme.

Wenige Tage später schrieb mir diese Nachbarin

wieder: Der Bruder und seine Freundin, die schon das Glückskatzenbaby aufgelesen hatten, sie hätten jetzt bei ihrem letzten Spaziergang noch ein Katzenbaby gefunden.

Ich fragte, ob sie es in der Nähe entdeckt hatten, wo die erste kleine Katze war, ob es Geschwister sein könnten. Nein, so die Antwort, dieses zweite Kätzchen wäre noch viel kleiner. Noch kleiner? Ja, schrieb sie, ca. zwei einhalb Wochen alt. Ich dachte erst, ich hätte mich verlesen. Doch sie bestätigte mir, gerade 2,5 Wochen jung. Dieses kleine Kätzchen wurde am Müll (!) gefunden und schrie und schrie dort so lange so erbärmlich, bis es von den beiden gehört und gefunden wurde. Und dann schickte sie mir auch von diesem Kleinen ein Foto – ein Tigerchen, das auf dem Foto gerade vom Tierarzt das Fläschchen bekam. Es hatte verklebte Augen und Schnupfensymptome.

Und wieder die Frage, ob wir die zwei Katzenbabys nicht aufnehmen möchten.

Außerdem schrieb sie mir, daß ihre Bekannten die beiden ins Tierheim geben würden, wenn sie nicht schnell ein Zuhause bekommen würden, denn behalten wollten sie selber die Kätzchen nicht. Und meine Nachbarin selber hatte auch schon zwei eigene Katzen, eine davon Chico, unser Gastkater.

Das war eindeutig eine Fügung des Schicksals, das war mir klar. Zwei kleine Katzenbabys, die auf einmal auftauchten, keine Geschwister, kurz hintereinander von den selben Menschen gefunden, jetzt zusammen. Und da Bruder und Freundin die zwei nicht behalten wollten, war es eindeutig auch nicht deren Schicksalsfügung.

Wir überlegten. Denn natürlich mußte dies alles nun sehr gut durchdacht werden, die Auswanderung stets weiter im Hinterkopf.

Doch recht bald war mir klar: Dies war unsere Fügung des Schicksals! Diese zwei kleinen Kätzchen wurden mir geschickt, damit ich schon jetzt wieder Katzen aufnehme, trotz geplanter Auswanderung. Damit ich wieder glücklich werde – und die zwei Kleinen ein schönes Zuhause bekommen.

Und so beschlossen wir, den zwei Katzenbabys gemeinsam ein wundervolles Zuhause zu geben und sie bei uns aufzunehmen.

Wir verabredeten ein Treffen mit den Menschen, wo die Kätzchen jetzt waren. Wir trafen uns an einem Parkplatz, alle warteten schon. Der Hund, eine nicht gerade kleine Hündin, war auch dabei, zum Glück absolut entspannt den Katzen gegenüber. Die kleinen Kätzchen waren auf den Armen der Menschen, den kleinen Tiger ließen sie gar frei laufen, es kletterte sofort wieder an den Menschen hoch!

Was waren die zwei winzig...

Sie waren nun ca. drei und sieben Wochen jung. Das Tigerchen brauchte noch ein wenig weiter das Fläschchen. Auch eine Aufgabe. Und es hatte den Schnupfen.

Es gab nur einen offenen Karton, den die zwei mit hatten. Dort setzten sie die Katzenbabys hinein. Ich nahm den Karton mit den Kleinen auf den Rücksitz unseres Autos zu mir, und wir fuhren los, mit zwei Katzenbabys im Gepäck.

Bob fuhr, ich nahm hinten die Kleinen aus dem Karton. Die Dreifarbige legte sich sofort entspannt und vertrauensvoll auf meinen Schoß. Das kleine Tigerchen aber schien ein Wirbelwind; während der ganzen Fahrt turnte es auf mir herum, meine Hand immer dabei, damit es nicht durch das ganze Auto turnte...

Bei uns Zuhause angekommen, fühlten sich die Kleinen auch sofort zu Hause. Unglaublich. Und sie liefen sofort zur Terrassentür, fast, als würden sie alles bereits kennen...

Sie hatten sofort Vertrauen, alles war einfach nur schön.

Wir nannten sie Bonny und Sunny. Dreifarbige Katzen sind immer Mädels; es sind Glückskatzen. Und sie war und ist eine Schönheit; so bekam sie den Namen Bonita – Bonny. Das kleine Tigerchen war so ein Wirbelwind, das konnte nur ein Kater sein, so dachten wir. Ihn nannten wir Sunny, unser Sonnenschein.

Noch eine Woche lang bekam Sunny das Fläschchen, alle vier Stunden. Zum Glück aber schlief Sunny nachts problemlos durch. Nachts waren die Kleinen mit bei uns im Bett; ihnen fehlte ja auch ihre Katzenmutter. Ich weiß noch, wie ich mich kaum traute, mich zu bewegen, so klein, wie sie waren.

Da ich zum Glück Homöopathin für Katzen bin, bekam Sunny von mir homöopathische Mittel gegen den Schnupfen. Dennoch aber steckte Sunny dann auch Bonny an, so daß wir eine Zeit lang zwei Schnupfenkatzen hatten. Die Kleinen präsentierten uns dann auch noch Bandwürmer, erbrachen

Spulwürmer, hatten Ohrmilben, das volle Programm...

Mit der Zeit aber wurden die zwei Kleinen in jeder Hinsicht gesund. Gegen die Parasiten bekamen sie ein tierärztlichen Mittel, den Schnupfen bekam ich prima mit der Homöopathie weg.

Und natürlich war nun wieder „Leben in der Bude"! Ich spielte mit den beiden, was das Zeug hielt.

Wir beschlossen, sie in Deutschland noch nicht raus zu lassen, damit sie sich gar nicht erst an dieses Revier gewöhnten. Wir wollten ihren Freigang erst nach der Auswanderung (die Pläne wurden immer konkreter) in Angriff zu nehmen. Damit sie aber dennoch ein wenig von draußen mitbekommen konnten, die frische Luft genießen konnten, sicherten wir unsere Terrasse mit einem Katzennetz ab.

Ich weiß noch, wie Bonny freudig im Schnee hüpfte, den liebte sie. Der kleinen Sunny aber war das zu kalt...

Einmal schlüpfe Sunny tatsächlich durch das Katzennetz durch, durch eine Masche, so klein war sie. Sie blieb aber direkt dort, und ich konnte sie schnell wieder von außen abholen und wieder rein tragen.

Als Sunny so um die vier Monate alt war (ja, ich lag tatsächlich so lange falsch), dachte ich, daß man nun doch langsam etwas sehen müßte, wenn es wirklich ein Kater wäre. Doch man sah so gar nichts... Ich nahm mir mein Buch, wo gute Zeichnungen von kleinen Katzen von hinten abgebildet waren, was das Geschlecht betrifft. Eindeutig! Sunny war ein Mädchen! Nur gut, daß der Name für beide Geschlechter paßte...

Vorbereitung der Katzen

für die Auswanderung

Es gibt natürlich so einiges zu beachten, wenn man mit Katzen auswandert.

Das Gesetz verpflichtet, daß die Katzen gechipt sind und zumindest gegen Tollwut geimpft wurden. Und jede Katze muß ihren eigenen EU-Heimtierausweis besitzen (auf Wunsch mit Foto...).

Dann muß ferner geklärt werden, daß die gewählte Fluggesellschaft auch Katzen erlaubt, zumal wir natürlich darauf bestanden, daß Bonny und Sunny mit uns in der Flugkabine reisen sollten, also bei uns sind. Und dann sind für den Flug nur bestimmte Transportkörbe erlaubt.

Es war nun klar, daß wir noch im gleichen Jahr auf die Kanaren auswandern würden. Zuerst war Gran Canaria geplant, weil wir eben vor vielen Jahren dort einmal Urlaub machten und es uns dort so gut gefiel. Um unser Vorhaben noch einmal zu überprüfen, hatten wir den Gran-Canaria-Urlaub noch einmal wiederholt, kurz bevor Bonny und Sunny zu uns dazu kamen. Und so blieb es vorerst bei Gran Canaria.

Doch dann taten sich für Bob Geschäftsbeziehungen auf der größten kanarischen Insel auf, auf Teneriffa. Und so wurde aus Gran Canaria dann Teneriffa. Dort waren wir zwar noch nie, aber viel anders als Gran Canaria würde es wohl nicht sein, zumal wir eh vorbehaltlos und ohne spezielle Erwartungen unser Vorhaben angingen.

Zwei passende Transportkörbe für die Katzen wurden bald gefunden. Die Fluggesellschaft legte genau die Höchstmaße fest. Länge und Breite waren o.k., aber eine ausgewachsene, größere Katze würde in so einem Korb nicht sitzen können, denn die Höhe war schon sehr beschränkt. Aber Bonny und Sunny waren ja noch nicht ganz ausgewachsen, zum Glück.

Der tatsächliche Zeitpunkt des großen Tages rückte immer näher, unsere Vorbereitungen liefen in vollem Gange. Und so ließen wir nun zuerst die zwei kleinen Tiger impfen, jedoch nur gegen Tollwut, denn nur dies war ja Pflicht. Ich bin kein Freund von Impfungen, aber um diese Tollwutimpfung kamen wir nun einmal nicht drum herum.

Bonny war nun auch schon einmal rollig gewesen.

Das war einfach nur niedlich. Sie selber war tatsächlich sichtlich genervt von diesem Hormonschub, den sie so gar nicht kontrollieren konnte.

Und so stand dann als nächstes die Kastration der zwei Kleinen an. Sunny war mir zwar eigentlich noch zu klein dafür, doch mir war auch wichtig, daß die beiden auch dies gemeinsam durchmachten und erlebten. Und so wurden beide gleichzeitig kastriert. Bei dieser Gelegenheit wurde ihnen auch der erforderliche Chip eingesetzt, und jedes Kätzchen bekam seinen ganz persönlichen Reisepaß.

Bonny meisterte die Kastration problemlos. Sie war relativ sofort wieder topfit. Doch unsere arme kleine Sunny hatte schon arg daran zu knabbern. Die Tierärztin sagte, sie hätte bei Sunny leider einen etwas größeren Schnitt machen müssen, denn sie konnte den einen Eierstock nur schwer finden, weil er noch kaum entwickelt war.

Doch Sunny war brav und artig; von sich aus bewegte sie sich die ersten Tage danach sehr sanft und ruhig, weil sie sicherlich merkte, daß es ihr noch weh tat. Wenn man bedenkt, daß sie sonst so ein Wirbelwind war... - dies war einfach nur großartig.

Und beide gingen sich nicht einmal an die Fäden!

Nach so drei Tagen war dann auch unsere Sunny wieder topfit.

Es wird ernst

Die für uns schwierigste Hürde war nun auch geschafft: Wir hatten Käufer für unser Haus gefunden.

Nun konnte ich so richtig los legen und entrümpeln... Denn unser Plan war, nur mit dem Nötigsten nach Teneriffa auszuwandern.

Wir würden auf der Insel möbliert anmieten, brauchten also dort wirklich nur Kleidung, Unterlagen und Dokumente, Fotos, ein paar Dekoteilchen von und für mich. Mehr aber nicht.

Und so mußte alles andere weg. Familie und Freunde bekamen, was immer sie wollten, auch das eine oder andere Möbelstück. Ein paar mehr oder weniger bedürftige Menschen freuten sich auch über die Schenkungen. Und ganz, ganz viel ging an einen Katzenschutzverein vor Ort. Und so spendeten wir dem Tierschutz Kratzbaum und Katzenkuschelplätze, aber auch Kleinigkeiten, die sich auf dem Flohmarkt zu Geld machen ließen, was dann auf diesem Weg auch den Katzen vom Tierschutz zu Gute kommen würde.

Auch unsere Hauskäufer freuten sich über die eine oder andere Möbelbeigabe.

Und der Rest – ging in den Müll.

Was man nicht alles so ansammelt im laufe der Zeit! Ich war entsetzt! So viel,was man eigentlich gar nicht braucht. Unglaublich. Das wird mir nie wieder passieren, das war mir eine Lehre! Und das ist es tatsächlich bis heute.

Wie zu erwarten, wurde es dann aber doch ein wenig mehr, was wir dann tatsächlich mit nach Teneriffa nahmen. Nicht alles paßte in unsere Koffer. Und so schickten wir uns selber ein paar Kartons auf die Insel, die dann eintreffen würden, wenn wir bereits dort wohnten.

Der große Tag

Ein großer Tag in unserem Leben - der Tag unserer Auswanderung nach Teneriffa mit unseren Katzen Bonny und Sunny, die hier nun zen und elf Monate jung waren. Wir waren inzwischen auch wirklich gut vorbereitet. Bonny und Sunny reisten mit eigenem Ausweis, sie waren gechipt und gegen Tollwut geimpft. Und eben auch bereits kastriert. Die Transportkörbe für die Katzen waren genau ausgesucht, gemäß den Bestimmungen. Bonny und Sunny waren für unseren Flug angemeldet, wir hatten extra eine ganze Dreier-Sitzreihe reserviert, damit wir in Ruhe alleine und zusammen in einer Sitzreihe mit den Katzen fliegen konnten.

Der Flug ging am Vormittag. Wir mußten die Katzen also rechtzeitig in die Boxen bekommen. Bonny war als erste gleich im Korb; bei ihr gewann der Überraschungseffekt. Doch Sunny bekam dies mit - und weg war sie. Den Termindruck im Nacken, jagten wir die arme Sunny durch unser halbes Haus in Deutschland.

Doch, zum Glück, alles ging gut, und beide Katzen waren rechtzeitig in ihren Transportboxen. Das war das erste Wichtige - geschafft.

Meine Mutter fuhr uns zum Flughafen. Und unsere Reise begann.

Doch der Check-in am Flughafen brachte eine Überraschung, auf die ich nicht vorbereitet war. Wir sollten die Katzenboxen öffnen, damit auch diese untersucht werden konnten. Ich war doch so froh, daß wir die Katzen in die Boxen bekommen hatten, und nun sollte ich alles noch einmal riskieren? Aber, keine Chance, es mußte sein. Wir baten darum, daß wir hier vorsichtshalber in einen extra Raum mit den Katzen durften. Dort nahm ich dann zuerst Bonny aus ihrer Box - sie flüchtete sofort in ihre Sicherheitszone - auf meinen Rücken. Der Beamte untersuchte den Korb, ich brauchte mich dann nur kurz umdrehen, und Bonny hüpfte freiwillig sofort zurück in ihren Korb. Der Beamte war erstaunt und fragte nur: "Ist das bei der anderen Katze auch so einfach?" Ja, war es. Brave Katzen.

Der Flug dauerte an die fünf Stunden. Bonny und Sunny waren so artig; sie vertrauten uns komplett. Sie spürten, daß alles gut war, daß uns alle etwas Wundervolles erwartete. Sunny gab mir im Flieger sogar ein Küßchen durch ihren Korb! Nur als ich einmal auf das WC mußte und meinen Platz verließ, war dies Bonny nicht geheuer und sie maunzte...

Auf Teneriffa gelandet, mußten wir zuerst eine gute

Zeit auf unsere Koffer warten. Auch hier, trotz all dem Lärm, all den Menschen, blieben Sunny und Bonny komplett entspannt. Dies ebenso, also wir dann noch eine weitere Weile auf unseren Mietwagen warten mußten.

Es war Calima-Zeit auf den Kanaren. Dies bedeutet extreme Hitze. Doch wir mußten in dieser Hitze noch ca. eineinhalb Stunden fahren bis zu unserer Finca, die wir auch bereits im voraus angemietet hatten. Bob war vorher einmal alleine auf Teneriffa gewesen zur Besichtigung des Haus und zum Probewohnen.

Im Auto begann Bonny plötzlich zu hecheln. Wir hielten an, ich bot ihr ein wenig Kondensmilch an, damit sie ein wenig Flüssigkeit zu sich nehmen konnte. Sie trank sie kaum, dafür flog dann die restliche Kondensmilch durch den ganzen Wagen, als wir wieder los fuhren... Ich nahm nun aber Bonny aus ihrer Box und setzte sie auf meinen Schoß, damit sie so besser Luft bekommen konnte. Und so war es auch, es ging ihr wieder gut.

Endlich erreichten wir dann auch unsere Finca, unser neues Zuhause. Dort erhielten wir zuerst noch eine kurze Führung vom Vermieter, sodaß Bonny und Sunny noch ein wenig weiter warten mußten, im Gästezimmer. Dann endlich konnten sie raus in ihrem neuen Zuhause. Sie waren vielleicht fünfzehn Minuten unter dem Schrank, dann schon aber erkundigten sie gleich alles. Sie fühlten sich sofort wohl, so wie wir auch.

Wir stellten natürlich sofort das Katzenklo auf und gaben den Katzen Futter, was Bob schon im Vorwege bei seinem Erstbesuch besorgt hatte und nun hier schon parat stand. Dieses Futter war natürlich hier von Teneriffa. Ich ahnte es schon. Obwohl die Katzen einen ganzen Tag lang mit uns unterwegs waren und nichts gefressen hatten, verweigerte Sunny dieses Futter komplett. Und Bonny, würde sie reden können, hätte gesagt: "Der Hunger treibt's rein"... Zum Glück hatte ich dies geahnt und im Koffer noch ein wenig Futter mit, das die zwei aus Deutschland kannten.

Wir hatten es geschafft. Es war ein sehr anstrengender Tag. Bonny und Sunny hatten diese lange Reise so prima gemeistert. Es war einfach nur wundervoll und schön, wie alles so gut geklappt hatte.

Nun waren wir da, angekommen, in unserem neuen Zuhause, in unserem neuen Leben - auf Teneriffa.

Die ersten Freigänge

von Bonny und Sunny

Sunny und Bonny hatten in Deutschland ja bewußt noch keinen Freigang bekommen, damit sie sich gar nicht erst an ein Revier gewöhnten. Hier auf Teneriffa nun aber sollten sie natürlich raus.

Schon nach nur drei Tagen konnten wir die Türen für sie öffnen, denn wir merkten, daß die beiden wirklich sofort angekommen waren, sich wohl und zu Hause fühlten.

Und so durften sie nun die Welt kennen lernen, eine riesige Welt hier, die pure, weite Natur...

Die gesamte Finca war allerdings umgeben von einer Mauer oder einem Maschendrahtzaun. Es war also erst einmal nicht so einfach für eine Katze, sie zu verlassen. Wobei die Mauer selber natürlich eine super Aussichtsplattform für Katzen war...

Bonny war gleich zu Anfang so überwältigt von so viel Raum und Freiheit, daß sie tatsächlich relativ gleich von der Mauer herunter auf die andere Seite sprang. Doch hinter der Mauer ging es weiter den Berg runter, mitten ins Gebüsch... Denn unsere Finca lag auf einem Berg. Nun stand Bonny da unten, hinter der Mauer - und kam nicht wieder hoch... Also sind dann Bob und ich auch auf die andere Seite, über die Mauer geklettert und haben Bonny hochgenommen und sie wieder über die Mauer auf die Seite auf unsere Finca gesetzt.

Dieses Erlebnis führte dazu, daß Bonny danach doch lieber noch einen Monat lang nur innerhalb unserer Finca blieb, während Sunny derweil schon längst die große weite Welt erkundete.

Was gab es nicht alles hier zu entdecken!

Das absolut Beste aber: Hier war für die Katzen wirklich alles riesig. Es gab sogar ein riesiges Katzenklo...

Denn die Auffahrt dort war komplett mit kleinen roten Steinchen ausgelegt. Für die Katzen mußte dies wirklich ausgesehen haben wie ein einziges Katzenklo... Tatsächlich haben die zwei dies anfangs auch so benutzt...

Ein Streunerkater ist ganz fasziniert

von Bonny

Es war so ziemlich ganz am Anfang unserer Teneriffazeit, als Bonny und Sunny nun bereits die ersten Male draußen waren.

Wie es so oft ist, müssen alle Katzen aus der Umgebung immer zuerst sehen, wer da jetzt neu zugezogen ist...

Und so kam auch recht bald ein Streunerkater zu uns zu Besuch. Dieser Kater saß oben auf der hohen Mauer und schaute runter auf unser Grundstück. Und dann sah er unsere Bonny.

Der Kater kam aus dem Staunen einfach nicht mehr raus...

"So eine schöne Katze habe ich noch nie gesehen" - hätte er bestimmt gesagt, hätte er reden können.

Nun muß man bedenken, Bonny ist natürlich wunderschön, vor allem aber ist sie eine sehr große

Katze; ihre Pfötchen sind fast Löwenpranken... Und sie hat ein weiches, buntes, flauschiges Fell und einen "Wahnsinnspuschelschwanz"...

Bonny selber genoß es sichtbar in vollen Zügen, so angehimmelt zu werden. Sie räkelte sich, sie schlängelte sich von links nach rechts, sie stellte sich diesem Kater wirklich förmlich zur Schau...

Und hätte Bonny wiederum reden können, sie hätte so etwas gesagt (nein, geflüstert), wie: "Ja, schau, bin ich nicht eine wunderhübsche Katze? Schau her, schau"...

Der Kater kam uns seitdem immer einmal wieder kurz besuchen. Klar, er wollte wieder die Bonny sehen... Nach kurzer Zeit aber kam er dann jedoch nicht mehr wieder. Wir haben ihn von da an nie wieder gesehen.

Ich begann, Streunerkatzen zu füttern

Nur wenige Tage nach unserer Ankunft auf der Insel begann ich, Streunerkatzen zu füttern.

Auf dem Weg zu unserer Finca, kurz vor unserer Straße, standen seit je her mehrere Müllcontainer für die Mülltrennung. Von Anfang an sah ich dort immer wieder die eine oder andere Katze, die sich am Müll bediente.

Es waren nie Massen an Katzen, immer nur die eine oder andere, auch einmal zwei oder drei. Doch wann immer wir dort vorbeifuhren, ich sah die Katzen am Müll, wo sie sicherlich nach Futter suchten.

Eines Tages sah ich dort auch zwei Katzenbabys, ein kleines Schwarzes und ein Tigerchen.

Ich wußte natürlich schon, daß es hier auf Teneriffa auch Streunerkatzen geben würde. Die Katzen dort am Müll aber schienen mir einigermaßen zurecht zu kommen.

Doch dann, eines Tages, lag eine tote Siamkatze im

Müllcontainer. Ich war entsetzt. Eine Katze im Müllcontainer! Es war furchtbar. Hier werden die toten Katzen einfach in den Müll geworfen!

An diesem Tag beschloß ich, mich um diese Katzen bei den Müllcontainern zu kümmern und ihnen täglich Futter zu geben.

Ein paar Tage später sah ich am Müll eine neue Katze, ein Tigerchen, kein Katzenkind mehr, aber auch noch nicht ganz ausgewachsen. Ich sah sie, und meine ersten Worte waren: "Du siehst aber wirklich bedürftig aus". Sie war mager, so dünne Beinchen, das Fell hatte Löcher und stand ab, wirklich einfach bedürftig, dieses Kätzchen. Ich nannte sie Jeannie, und sie kam von da an täglich und holte sich ihr Futter bei mir ab.

Nach und nach bekamen dies natürlich auch die anderen Streunerkatzen "vom Müll" mit, und sie kamen nun ebenfalls zu meinen Fütterungszeiten, morgens und abends.

Das kleine schwarze Katzenbaby lag mir von allen Katzen, und natürlich auch Jeannie, am meisten am Herzen. Denn diese beiden Katzen waren am Bedürftigsten, am Schutzbedürftigsten. Ich war nur froh, daß das kleine Schwarze bei so vielen älteren

Katzen war, denn ich wußte, sie alle kümmerten sich um dieses Katzenkind.

Das kleine Tigerbaby aber, das anfangs auch da war, habe ich leider nie wieder gesehen. Und die Katzenmutter der beiden, vom Tiger und dem Schwarzen, sie war nie dabei; ich hatte die Babys immer alleine gesehen, ohne Mutterkatze. Die zwei Kleinen bzw. das kleine Schwarze, sie wuchsen anscheinend ohne Mama auf.

Wir nehmen das kleine schwarze

Katzenkind auf - unsere Gipsy

Es war September. Wir waren also noch nicht einmal ein halbes Jahr hier.

Gerade hatten wir meine Mutter, die uns besucht hatte, zum Flughafen im Süden gebracht. Auf dem Rückweg machten wir einen kleinen Stopp bei einem Futterladen und kauften dort vorsichtshalber einen Katzentransportkorb. Denn wir waren schon am Überlegen, ggf. einmal das schwarze Katzenbaby an der Futterstelle aufzunehmen.

Die Transportkörbe von unserem Flug waren von oben zu öffnen. Nun aber hatten wir vorsichtshalber eine Transportbox gekauft, die sich vorne öffnen ließ. Denn, so dachte ich, könnte ich evtl. Futter in die Box stellen und das kleine Schwarze würde dann so automatisch in den Korb gehen, falls es sich nicht hochnehmen ließe, was ich als sehr wahrscheinlich ansah.

So lange ich aber bisher sah, daß es dem kleinen Kätzchen an der Futterstelle gut ging, daß es dort gut zurecht kam, die anderen Katzen immer bei ihm waren, vor allem auch Jeannie, wartete ich weiter ab. Doch wir wollten parat sein.

Das Kleine war inzwischen recht zutraulich. Wann immer ich zum Füttern kam, kam es sofort freudig angelaufen. Dann haben wir geschmust, ich habe es gestreichelt. Und dann hat es laut gemaunzt und ist zu den Näpfen gelaufen. So, als hätte es immer gesagt: "So, genug mit schmusen, ich habe jetzt Hunger". Das Procedere war wirklich bei jeder Fütterung immer das gleiche.

Als wir nun auf dem Rückweg vom Flughafen waren, kamen wir auch an der Futterstelle vorbei. Und da saß das Kleine, ganz alleine, mit Blick zur Straße, wie wartend. Es war jetzt nicht das erste Mal, daß ich es dort so alleine sitzen sah. Ich hatte auch bemerkt, daß es in den letzten Tagen ganz leicht humpelte.

"Jetzt nehmen wir es auf" sagte ich spontan. Wir hielten an, ich nahm den neuen Transportkorb gleich mit. Ich stellte den Korb an der Futterstelle auf, streichelte das kleine schwarze Kätzchen. Dann stellte ich den Teller mit Futter in den Transportkorb, wie geplant. Ich blieb geduldig, wartete, bis das Kleine hinten im Korb beim Futter war. Und dann schloß ich die Tür der Box.

Geschafft. Das Kleine war in Sicherheit. Wir fuhren mit der Kleinen nach Hause (ich war sicher, daß es ein Mädchen war) und stellten sie im Korb ins Wohnzimmer, damit sie gleich von Bonny und Sunny begrüßt werden konnte.

Natürlich waren weder Bonny noch Sunny begeistert. Sie waren bisher ja immer die einzigen Katzen bei uns gewesen. Dies war nun ganz neu. Freude war etwas anderes...

Das Katzenkind aber fühlte sich sichtbar sofort Zuhause.

Tatsächlich aber hatten wir es genau zum richtigen Zeitpunkt aufgenommen. Denn, nun in Sicherheit angekommen, konnte sie sich schonen. Ihr Pfötchen war wirklich arg verstaucht. Sie hatte sich nur an der Futterstelle stark zusammen gerissen.

Hier bei uns aber humpelte sie mindestens zehn Tage lang nur auf dre Beinchen... Dann aber war ihr Pfötchen wieder gut.

Wir nannten die kleine Gipsy. Sie war ungefähr viereinhalb Monate jung, als sie zu uns kam.

Sunny ist komplett durch den Wind

Niemals hätte ich dies gedacht. Doch unsere Sunny war nicht wieder zu erkennen. Unser kleiner Sonnenschein verstand die Welt nicht mehr. So viel hatte sie mit Bonny jetzt prima mitgemacht; die ganze Auswanderung, der Flug, die neue Umgebung, der Freigang, alles war überhaupt kein Thema für die beiden.

Doch nun war da auf einmal eine weitere Katze, unsere Gipsy. Und Sunny verstand die Welt nicht mehr. Ihre kleine heimelige und heile Welt war komplett durcheinander gebracht worden. Sunny reagierte mit Knurren und Fauchen, zeigte gerade auch mir deutlich, daß sie mit der neuen Situation alles andere als einverstanden war. Auch mich fauchte und knurrte Sunny an.

Es war eindeutig, Sunny konnte und wollte Gipsy nicht akzeptieren.

Für mich war das natürlich eine schlimme Situation. Und ich hatte durchaus die Gedanken, Gipsy wieder zurück nach unten zu bringen an die Futterstelle bzw. ein neues Zuhause für sie zu suchen. Folglich war auch ich selber verzweifelt, traurig und hatte viel geweint.

Ich redete mit Sunny und versuchte, sie wieder zu entspannen, für sie da zu sein. Doch Sunny blieb stur und bockig, zeigte mir weiter und weiter ihren Unmut.

Vielleicht so eine Woche lang verhielt sich Sunny derartig unentspannt. Irgendwie aber hatte ich es trotz allem dann doch ausgehalten. Und dann, auf einmal, war alles gut. Sunny hatte Gipsy plötzlich doch akzeptiert bzw. die neue Situation, daß da nun einfach eine Katze mehr zu unserem Leben gehörte.

Und alles war wieder gut, friedlich und harmonisch unter den drei Katzen, und Sunny hatte auch mich wieder lieb.

Die rollige Gipsy

Nun, der Lauf der Natur bringt es halt immer wieder mit sich, daß ein Katzenmädchen irgendwann das erste Mal in ihrem Leben rollig wird. Dies war nun bei Gipsy der Fall.

Ich hatte mich entschieden, sie erst einmal rollig werden zu lassen, um sie anschließend kastrieren zu lassen, wie ich es auch bei Bonny so gehandhabt hatte.

Da ja alle Freigänger waren, Gipsy eigentlich immer in der Nähe blieb, beschloß ich, sie dennoch raus zu lassen, sie aber immer in meinem Blickwinkel behaltend.

Doch die Natur nahm weiter ihren Lauf, und durch die Rolligkeit erweiterte Gipsy doch ein wenig ihren Umkreis, wenngleich sie zum Glück immer in Sichtnähe blieb.

Gipsy hatte nun eine sehr laute Stimme. So lockte ihr rolliges Dauergeschrei sämtliche unkastrierte Kater der Umgebung an. Hier waren nun zum einen Maske, aber auch Pirata hinter Gipsy her.

Pirata war ein ebenfalls unkastrierter Kater, den ich von meiner Freundin Silke kannte, die noch ein wenig weiter den Berg runter wohnte. Denn bei ihr erhielt er öfter Futter.

In der Zwischenzeit war Pirata den Berg weiter hoch gestapfelt und fraß nun auch bei meiner anderen Freundin Mona, die noch dichter von mir wohnte.

So kam es, daß nun Pirata auch bei mir aufschlug, Gipsy sei dank.

Zwei Kater, die ein Mädel wollten, das geht weder bei uns Menschen noch bei den Katzen gut. So war es dann auch. Maske mußte leider den Kürzeren ziehen, denn, warum auch immer, zogen alle unsere Katzen Pirata vor, den sie duldeten, Maske jedoch nicht.

Da ich nun definitiv nicht eine Horde Katzenbabys auf meiner Finca haben wollte, ging es so also nicht weiter. Insofern mußte Gipsy von da an drinnen bleiben.

Und so hatten wir dann eine rollige Katze drinnen, die anderen Tiger aber durften raus. Da Gipsy aber eben so eine laute Stimme hatte, schrie sie uns den ganzen Tag lang das ganze Haus zusammen. Daß dies nicht gerade entspannend war, weder für uns Menschen noch für die anderen Katzen, darf man sich denken.

Wir recherchierten im Internet und erfuhren, daß Katzen in dunklen Jahreszeiten kürzer rollig sind als in hellen. Dies brachte uns auf die Idee, die Außenfensterläden zu schließen, so daß es im Haus nun nicht nur nachts sondern auch tagsüber dunkel war. Gipsy schrie zwar weiter, aber immerhin eine Tonlage entspannter.

Dies war somit die Zeit der Dunkelheit in unserem Häuschen, aber auch dies hatten wir natürlich alle irgendwie überstanden.

Pirata

Unsere Gipsy wurde inzwischen kastriert.

Pirata aber kam uns weiter immer einmal wieder besuchen. Er kam prima klar mit unseren anderen Katzen, die auch ihn absolut akzeptierten, weil er so ein lieber Kater war.

Eines Tages klingelte an unserem Tor unser kanarischer Nachbar. Bob ging zum Tor, und ich sah vom Weiten, wie Bob dann mit dem Nachbarn zusammen raus ging.

Ich blieb bei unseren Katzen auf der Finca und wartete.

Nach einer Weile kam Bob sichtbar aufgeregt zurück, in seinen Armen eine tote Katze.

Außer sich, völlig aufgeregt, rief Bob mir zu: „Ist Sunny da? Ist Sunny da?" Denn Sunny ist eine Tigerkatze, und die tote Katze in Bobs Armen war eine getigerte Katze.

Kurz blieb natürlich auch mir der Atem stocken.

Nein, Sunny war hier bei mir. „Sunny ist hier, alles gut", antwortete ich sofort. Ich ging zu Bob und schaute mir das arme tote Kätzchen auf Bobs Arm näher an.

Es war Pirata. Pirata war tot. Auch er war getigert. Doch Pirata hatte nur ein Auge, das andere fehlte, war aber problemlos zugewachsen. Daher auch sein Name Pirata, spanisch für Pirat.

Der Nachbar hatte erzählt, er hätte ihn kurz vorher noch über die Straße gehen sehen. Er mußte zu uns gewollt haben. Und dann mußte ihn ein Auto erwischt haben. Es muß ganz schnell gegangen sein.

Ich vermutete, sein eingeschränkter Sehbereich durch nur ein noch sehendes Auge war ihm zum Verhängnis geworden.

Bob und ich beschlossen, Pirata im angrenzenden Wald zu begraben.

Als mittags alle unsere Katzen drinnen waren, gingen wir so mit dem leblosen Pirata und einem Spaten in den nahe gelegenen Wald. Wir fanden ein Plätzchen, heimelig, etwas versteckt, und schenkten diesem lieben, herzlichen und gutmütigen Kater seine letzte Ruhestätte.

Jeannies Plüschkatzenbaby

Jeannie, die junge Tigerkatze an der Futterstelle, die anfangs so sehr bedürftig aussah, erholte sich mit der Zeit prima, dank des nun täglichen guten Futters, das sie von uns bekam. Sie wurde nach und nach eine ganz normale Katze, die überhaupt nicht mehr bedürftig aussah. Sie vertraute mir nun sehr, denn sie wußte genau, daß ich nur das Beste für sie wollte.

Eines Tages präsentierte mir Jeannie dann ihr Baby. Ich hatte nicht mitbekommen, daß sie trächtig war. Jeannie war selber noch kaum ausgewachsen, da hatte sie schon Kinder bzw. ein Kind. Es war ein wunderhübsches Baby. So flauschig, so bunt; es sah aus wie ein "Plüschkatzenbaby". Von nun an nahm Jeannie ihr Kleines immer mit zur Futterstelle, wenn es dort Futter gab. Wie es die Natur so vorsieht, die Katzenmama nimmt ihr Baby immer dann mit, wenn es groß genug hierfür ist. Und dies war der Fall, wenn die Kleinen so um die vier bis sechs Wochen jung sind.

So fütterte ich an der Futterstelle nun Jeannie und ihr wunderhübsches Baby. Dieses Kleine war sofort absolut zutraulich. Ich konnte es streicheln, auf den Schoß nehmen, es war unglaublich.

Ab und zu sah ich das Kleine alleine in der Nähe der Futterstelle. Wenn Jeannie mich dann aber kommen sah, kam auch sie sofort dazu, zu ihrem Baby.

Und dann war ein Tag, da saß Jeannies Baby wieder alleine dort. Jeannie aber war nicht da. Ich überlegte, ob es so weiter o.k. wäre oder man das Kleine doch aufnehmen sollte. Solange sich die Mutter kümmerte, so meine Überlegung, sollte man hier Mutterkatze und Katzenkind zusammen lassen, auch wenn da draußen natürlich die üblichen Gefahren waren.

Es war das letzte Mal, daß ich dieses wunderhübsche Puschelbaby sah. Ich weiß nicht, was passiert war. Doch ich hatte die Hoffnung, daß ein lieber Mensch das Kleine alleine gesehen und es daher aufgenommen hatte.

Jeannie ist bei uns auf der Finca

Ein paar Tage danach, ich fütterte wieder Jeannie unten an der Futterstelle, lief Jeannie mir auf dem Nachhauseweg nach. Sie folgte mir, kam mit mir zusammen hoch den Weg zu unserer Finca. Ich öffnete unser Tor, und Jeannie war auf der Finca, bei uns.

Jeannie paßte sich komplett an unseren Rhythmus an. Sie kam rein zum Fressen, wenn die anderen auch rein kamen. Sie blieb drinnen, wenn wir alle drinnen waren, tatsächlich auch nachts. Und dies als Streunerkatze, die so ein Leben eigentlich nicht kennen dürfte.

Doch ich merkte, daß Jeannie nicht glücklich war. Oft saß sie direkt an unserem Zaun und schaute nach draußen. Ich hatte das Gefühl, daß sie wieder zurück wollte, den Weg heraus aber nicht fand.

Und so war es auch. Jeannie war drei oder vier Tage hier bei uns. Dann war sie weg.

Ich traf sie dann aber sofort dort, wo ich sie vermutete: unten an der Futterstelle.

Jeannie hatte sich entschieden, es war ihre Entscheidung, dort zu bleiben, wo sich wohl fühlte, wo sie alles kannte.

Im Nachhinein überlegte ich, ob Jeannie vielleicht dachte, daß ihr Katzenbaby bei mir wäre? Ich werde es nie wissen. Doch Jeannie wollte auf jeden Fall wieder zurück in ihre Heimat, wo sie sich offensichtlich wohl fühlte. Sie hätte ein richtiges Zuhause haben können. Doch dies war, warum auch immer, nicht Jeannies Welt.

Wir retten unsere Luna

Unsere Nachbarn gegenüber, ganz liebe Canarios, hatten selber drei Katzen und zwei Hunde. Ihr Grundstück war komplett umzäunt. Zwei ihrer Katzen, alle drei Mädchen, waren kastriert, die dritte aber nicht, da sie sich nicht anfassen ließ. Und so bekam diese Katze wieder und wieder Babys.

Und nun wird es traurig bzw. schlimm. Deren einer Hund, eine riesige Dogge, kam zwar mit den Katzen zurecht bzw. die Katzen mit ihm, doch dieser Hund tötete Katzenbabys!

Es verhielt sich daher wirklich so, daß diese eine arme Katze immer wieder Babys bekam und keines überlebte.

Natürlich sprachen wir mit den Nachbarn, machten Vorschläge für eine mögliche Kastration, doch das fatale Problem blieb leider bestehen.

Im Spätsommer sah ich von unserem Grundstück aus auf der gegenüberliegenden Seite draußen außerhalb des Zaunes der Nachbarn ein kleines schwarzes Katzenbaby. Ich klingelte bei den

Nachbarn und fragte, ob das Baby zu ihnen gehöre - ja.

Dieses Baby hatte eine Chance! Die Katzenmutter mußte verstanden haben, daß ihre Kleinen nur dann eine Chance haben, wenn sie sie nach draußen bringt.

Etwas später sah ich eine erwachsene Katze am gleichen Platz mit diesem Katzenbaby zusammen. Die Mutterkatze, die ich kannte, war schwarz, doch diese erwachsene Katze war eher bräunlich.

Also klingelte ich wieder bei unseren Nachbarn und fragte, ob es die Mutterkatze da draußen wäre oder eine andere Katze. Sie bestätigten mir, daß es nicht die eigentliche Mutter war da draußen.

Ich vermutete, daß beide Katzenmütter jeweils ein Baby hatten und ihre Babys getauscht haben mußten. Denn später berichteten mir die Nachbarn von einem getigerten Baby drinnen auf deren Grundstück, das ganz zutraulich war.

So war außerhalb des Grundstückes die eine Mutterkatze mit dem Baby der Nachbarkatze, die Nachbarkatze war drinnen im Grundstück mit dem Baby der fremden Katze - so meine Vermutung.

Ich wollte nun alles versuchen, zumindest dieses schwarze Baby draußen vor dem Hund zu retten. Und so fütterte ich das Katzenbaby und die "Fremdmutter" täglich zweimal, damit das Kleine draußen bleiben konnte und nicht wieder auf das Grundstück mit den Hunden mußte, um Futter zu bekommen.

Es war noch gar nicht so lange, wie ich die zwei gefüttert hatte. Dann, eines Tages, gab ich beiden wieder Futter draußen. Das Kleine war gleich recht zutraulich. Ich konnte es streicheln. Ich ergriff die günstige Gelegenheit und nahm das Katzenbaby auf dem Arm mit zu uns nach Hause. Es war gerettet.

Doch dann folgte eine ganz schlimme Woche. Das Kleine rief eine Woche lang drinnen bei uns nach seiner Ersatzmutter. Und die Ersatzmutter rief draußen eine Woche lang nach ihrem Ersatzbaby. Es war furchtbar. Ich hatte natürlich stark überlegt, das Baby wieder nach draußen zu setzen, Mutter und Kind wieder zusammen zu bringen. Doch dann wäre alles umsonst gewesen und die Lebensgefahr für das Kleine wäre wieder gegeben.

Nach dieser einen Woche der Trennung und des vergeblichen Rufens der Mutter sah ich die Ersatzmamakatze nie wieder.

Wir nannten das kleine schwarze Kätzchen, wieder ein Mädchen, Luna. Sie war ca. zweieinhalb Monate jung, als sie zu uns kam.

Als Luna noch draußen in der Natur war, hatte sie sich dort immer in kleinen Steinhöhlen versteckt. Diese kleinen Höhlen waren dort ihre Sicherheit.

Hier bei uns versteckte sich Luna, so wie sie es gewohnt war, anfangs auch in jeder für sie möglichen Höhle, vor allem zwischen bzw. hinter den großen Sofakissen. Einmal hatte sie sich, ganz am Anfang, sogar hinten im Kühlschrank versteckt, wo eine kleine Ausbuchtung für die Kabel war!

Luna war von Anfang an absolut zutraulich. Ich konnte sie streicheln, sie liebkosen. Dies war anfangs für sie auch sehr hilfreich, denn, wie immer, jeder Anfang ist schwer, und sie wurde von unseren anderen Katzen durchaus noch abgelehnt. Dies aber hatte sich zum Glück schnell gegeben.

Kater Timmy

Eine Zeit lang kam uns dann der Streunerkater Timmy immer einmal wieder besuchen. Timmy war groß und schwarz mit einem weißen Fleck am Hals.

Nach und nach kam er täglich, und natürlich erhielt er bei uns auf der Finca draußen Futter.

Ich nannte ihn Timmy, weil er so sehr schüchtern und somit nicht zutraulich war. Denn "timido" ist Spanisch für schüchtern...

Obwohl er aber nun so schüchtern war, spürte er, daß er hier Vertrauen haben konnte. Und er verhielt sich den anderen Katzen gegenüber vorbildlich, so daß ihn alle sofort gut akzeptiert hatten.

Timmy war wirklich ein Prachtkater.

So süß war immer unsere Sunny. Wenn Timmy da war, ging Sunny immer zu ihm hin und "redete" mit ihm, auf ihre Weise: "hüh, hüh, hüh"; das sind Sunnys "Worte", als hätte sie ihm immer sagen wollen: "Alles ist gut, hier geht es dir gut, alles ist o.k.".

Er kam täglich, bekam Futter, blieb so lange, wie er Lust dazu hatte, ging wieder, kam wieder, etc. Wenn ihm danach war, hielt er sich länger bei uns auf der Finca auf, blieb draußen bei unseren anderen Katzen.

An einem Tag aber kam er dann nur noch zum Fressen und ging sofort wieder. Ich merkte, daß etwas anders war.

Es war der letzte Tag, an dem wir Timmy noch einmal gesehen haben. Aber es ging ihm gut, so daß ich Hoffnung hatte, daß er einfach weiter gezogen war.

Wir nehmen Piña auf, Lunas Schwester

Sie wird so im Oktober geboren worden sein, also diesmal keine „Sommerkatze", die kleine schwarze Katze, ja, wieder schwarz..., die ich Ende des Jahres, außerhalb des Nachbargrundstücks mit dem Hund, draußen mit der Mutterkatze sah. Also dort, wo ich auch unsere Luna vorher mit ihrer Ersatzmama gefüttert hatte.

Die Katzenmutter hatte nun verstanden, daß ihre Babys nur dann überlebten, wenn sie sie nach draußen bringt, außerhalb des Grundstücks mit dem Hund, außerhalb des Zaunes.

Und so war die Katzenmutter, die eigentliche Mama von unserer Luna, nun mit ihrem neuen schwarzen Baby zusammen draußen; sie selber rettete nun das Leben von diesem Kleinen. Es wird ihr nächster Wurf gewesen sein, nach unserer Luna.

Ich sah die beiden von unserem Grundstück aus. Ich sagte mir diesmal, so lange die Mamakatze mit dem Kleinen zusammen außerhalb war, so lange würde ich diesmal warten und nichts unternehmen. Natürlich aber fütterte ich wieder beide, damit auch sie nicht nach drinnen aufs Grundstück mußten, wo dieser Hund die absolute Lebensgefahr für Katzenbabys blieb.

Dieses Kleine aber war absolut nicht zutraulich, genau das Gegenteil von unserer Luna. Doch sobald ich in den Sträuchern durch das verlassene Grundstück stiefelte, kamen beide mir freudig entgegen gelaufen und freuten sich auf die Fütterung.

Es war nun Winter auf Teneriffa, wenn auch anders als in Deutschland, aber daher ungemütliches Wetter; es war Regenzeit und von den Temperaturen her frischer. Zum Glück hatte meine Freundin eine kleine Hundehütte, die sie nicht mehr brauchte. Ich stellte diese Hütte an die Futterstelle, die sich direkt vor dem Zaun befand, wohin man immer erst kam, so auch ich, wenn man sich mehrere Meter durch hohes Dickicht gekämpft hatte. So hatten die Kätzchen nun mit der kleinen Hütte ein trockenes Plätzchen. Sie nutzten diese Hütte sofort.

Eines Tages, im nächsten Jahr, ging ich wieder füttern. Die Mutterkatze hatte ich jetzt ein paar Tage lang nicht gesehen, das Kleine aber kam immer wieder zum Fressen.

Vorher aber war mir schon aufgefallen, daß die Mamakatze eine auffällige Bauchatmung zeigte. Ich sprach die Nachbarn, zu denen ja diese Katze gehörte, darauf an, damit sie sich kümmern konnten. Doch die Mutterkatze war nach wie vor scheu und ließ sich auch von ihren Menschen bis dahin nicht anfassen. Und so wurde leider nichts unternommen, um ihr zu helfen.

Als ich nun füttern wollte, kam auch das Kleine nicht. Doch ich hörte es. Es maunzte. Es maunzte laut und durchgehend. Es war kein Schmerzenslaut, es war mehr so, als wollte es mir etwas sagen. Doch ich fand das Katzenkind nicht, sah es nicht. Ich ging wieder auf unser eigenes Grundstück zurück und schaute rüber auf die anderen Seite, wo das Kleine rief. Unser Grundstück war erhöht, sodaß ich von dort oben einen besseren Überblick hatte. Das Kleine maunzte wieder. Ich spürte, daß ich noch einmal nachschauen mußte. Irgendetwas wollte das Kleine mir mitteilen.

Wieder ging ich rüber und durchsuchte das ganze Gestrüpp. Das Unkraut war dort meterhoch. Ich hörte weiter das Babykätzchen maunzen und suchte alles ab in der Nähe, von wo aus seine Rufe kamen.

Und dann fand ich sie. Ich fand eine tote große schwarze Katze. Es mußte die Mutterkatze gewesen sein.

Das Kleine hatte mich so lange gerufen, bis ich suchte, damit ich ihre tote Mama fand. Tapferes, kluges kleines Mädchen.

Ich klingelte sofort bei den Nachbarn. Ja, sie hatten die Mutterkatze länger nicht gesehen. Wir beerdigten sie alle gemeinsam, Bob kam auch dazu, auf deren Grundstück.

Was habe ich geweint. Diese arme Katze. Sie hatte immer wieder Babys, keines überlebte. Sie hatte ein schweres Schicksal. Doch eines ihrer Babys konnten wir ja retten, unsere Luna. Und, wer weiß, vielleicht war jetzt einfach ihre Zeit gekommen, weil sie es selber geschafft hatte, eines ihrer Babys am Leben zu erhalten, diese Kleine hier jetzt, weil sie das erste Mal mit ihrem Kind draußen außerhalb des gefährlichen Grundstücks war.

Dieses kleine schwarze Katzenkind war um die viereinhalb Monate jung. Jetzt mußten wir es aufnehmen, denn es war nun ohne Mama. Doch es war so scheu, ich konnte es nicht, wie Luna, einfach so mitnehmen. Ich kontaktierte den Tierschutz hier vor Ort, und sie liehen uns eine Katzenfalle. Wir stellten diese Falle mit Futter an die Futterstelle – und warteten.

Immer wieder schaute ich von unserem Grundstück rüber zur Katzenfalle, wieder und wieder.

Eine Weile später war das kleine schwarze Katzenkind tatsächlich in der Katzenfalle – und somit in Sicherheit.

Wir nahmen auch dieses Kleine auf, nun das dritte schwarze Katzenmädchen von Teneriffa.

Und wir nannten sie Piña, was Spanisch ist und übersetzt Ananas heißt – ich dachte mir, eine Ananas ist süß...

Piña war somit die Schwester bzw. zumindest Halbschwester von unserer Luna. Und die zwei, zumal sie ja auch die Jüngsten waren, verstanden sich von Anfang an einfach nur prima.

Cato - der Hahn im Korb...

Es war eine Weile nachdem wir unsere Piña aufgenommen hatten, daß uns Cato zugelaufen ist.

Der schwarze Kater, ja, und wieder eine schwarze Katze, entdeckte zuerst bei meiner Freundin Mona, also nahe bei unserer Futterstelle unten bei den Müllcontainern, daß draußen bei Mona, da sie ja selber auch Katzen hatte, immer Futter parat stand. Und dieser Kater bediente sich dort auch gerne. Er mußte also ebenso vom Bereich der Futterstelle unten kommen.

Als wir ihn das erste Mal sahen, war er zwar kein Katzenkind mehr, aber noch nicht ganz ausgewachsen; also ein Teenager.

Mit der Zeit entdeckte dieser Kater durch sein Streunern auch unsere Finca und unsere Katzen. Er kam immer öfter, so daß auch ich ihn dann hier bei mir auf der Finca ab und zu fütterte.

Er war von Anfang an recht zutraulich und ließ sich streicheln. Man wußte immer sofort, wenn er sich näherte, denn als unkastrierter Kater kündigte er sich jeweils lautstark an, röhrend, immer auf der Suche nach den Mädels…

Nun fand dieser Kater es recht nett bei uns, und seine Neugierde führte dazu, daß er immer wieder auch nach drinnen bei uns rein kam, wenn ich nicht aufpaßte. Unsere Katzen akzeptieren dies zwar, doch er war eben nicht kastriert und markierte daher wirklich alles. Dies drinnen war nicht wirklich spaßig...

Und so beschloß ich, ihn kastrieren zu lassen, damit ich endlich wieder alle Türen offen lassen konnte. Auch hatte ich den Eindruck, daß dieser Kater nicht wirklich Freude an seiner Nichtkastration hatte, so oft, wie er immer „durch die Gegend röhrte".

Da er so zutraulich war, machte ich einen Kastrationstermin und nahm den Kater die Nacht vorher zu uns rein, damit er nichts fressen konnte, da er für die Narkose nüchtern sein mußte. Er war nun vorne in meinem Arbeitszimmer. Doch natürlich kannte er kein Eingesperrtsein – und so sah ich ihn durchs Fenster, was zum Vorbereich des Hauses Sicht gab, außerhalb meines Arbeitszimmers sitzen… Ich hatte nicht bedacht, daß mein Zimmer oben offene Gitter hatte. Er war dort hoch und durch gesprungen. Da wo er nun saß, war aber auch der Ausgang nach draußen, den wir nutzen mußten. So mußte er nun in einen anderen Raum. Also nahm ich ihn dann und bot ihm einen anderen Platz in unserem Gästezimmer, von wo aus er nicht flüchten konnte.

Am nächsten Morgen wurde er dann kastriert. Normalerweise ist die Kastration eines Katers problemlos und weitaus milder als die eines Katzenmädchens. Doch bei diesem Kater war ein Hoden nach innen gewachsen und bereits stark verwachsen. Die Tierärztin operierte auch dies, denn sie meinte, daß sonst die Gefahr eines Tumors bestehen würde. Und so hatte der Kater eine OP ähnlich der eines Katzenmädchens, vom Umfang her.

Daher mußte er danach noch ein wenig weiter bei uns drinnen bleiben, weil er sich noch schonen mußte. Dies akzeptiere er die erste Nacht problemlos, doch dann wollte er unbedingt sofort wieder raus. Zum Glück aber ging alles gut; trotz seinem schnell erkämpften Freigang verheilte alles prima.

Ich nannte ihn zuerst Kati, für Kater, da er ja nun der einzige Kater bei uns war. Da aber alle dann zu mir sagten, daß dies doch ein Mädchenname wäre, nannte ich ihn um auf Cato.

Nach seiner Kastration änderte sich Cato komplett. Aus dem röhrenden Streunerkater wurde ein häuslicher Kater, oder auch Garfield in Schwarz. Er genoß in vollen Zügen seine neue Häuslichkeit. Schlafen und fressen und entspannen – was für ein Katerleben… Entsprechend nahm er gut zu…

Dann endlich, nach mehreren Monaten tiefster Entspannungsphase, schien er diesen Ruhebedarf im Anschluß an sein Streunerleben ausgeschöpft zu haben und ging draußen auch wieder seine Runden drehen, spielte und tobte fröhlich.

Cato dürfte etwas jünger als unsere Gipsy sein und ein wenig älter als unsere Luna.

So lebten dann bei uns vier schwarze Katzen, die Teneriffakatzen Cato, Gipsy, Piña und Luna, und unsere zwei aus Deutschland, Bonny und Sunny.

Wundervolle Kitty

Eines Tages rief Mona mich an: "Hier ist eine neue Katze vor meinem Haus, ein Auge sieht gar nicht gut aus. Diese Katze habe ich hier noch nie gesehen."

Ich ging natürlich sofort hin.

Ja, diese Katze war wirklich vorher noch nie an der Futterstelle unten gewesen; auch ich hatte sie noch nie gesehen. Ihr eines Auge war nicht mehr zu sehen, dafür war dieser gesamte Augenbereich stark geschwollen, vereitert, entzündet.

Die Katze war sofort zutraulich. Sie ließ sich streicheln, sogar hoch nehmen.

Am nächsten Tag fuhr Mona mit ihr zur nächsten Tierärztin im Ort, in der Nähe. Es war klar, daß diese Wunde am Auge schon länger bestand. Die Tierärztin mußte feststellen, daß das Auge selber nicht mehr vorhanden war.

Wo immer diese Katze plötzlich her kam, sie mußte gespürt haben, wo sie Hilfe bekommt.

Das Kätzchen blieb mehrere Tage bei der Tierärztin, die sich liebevoll kümmerte. Jeder mochte diese liebe Katze, denn diese Katze mochte jeden Menschen. Die Wucherung am Auge wurde operativ entfernt. Sie bekam einen Trichter, etwas später eine Drainage. Das Gewebe wurde untersucht. Und das Schlimmste wurde bestätigt: es war ein bösartiger Tumor.

Wir suchten dringend ein gutes Zuhause für diese Katze, denn auf die Straße konnten wir sie nicht wieder lassen. Und wir selber hatten ja schon beide genug Katzen, Mona genauso wie ich. Auch hatten wir beide nicht wirklich genügend Zeit, uns ausreichend um sie zu kümmern. Denn diese Katze brauchte nun natürlich ganz viel Zuwendung, auch mußte die OP-Stelle weiter gut beobachtet werden.

Bob und ich hatten uns mit der Zeit getrennt. Ja, wie das Leben so spielt. Ich blieb mit den Katzen auf unserer Finca, Bob hatte eine neue Wohnung in der Nähe für sich gefunden. Nach wie vor aber verstanden wir beide uns prima, auch wenn wir nun getrennt lebten.

Und so fragte ich Bob, der nun ja ohne Katze lebte, ob er diese Katze aufnehmen würde. Er sagte sofort „ja"!

Und so ergab sich eine wundervolle Symbiose: Bob, der wieder mit einer Katze leben durfte, und gleichzeitig das beste Zuhause überhaupt für diese liebe Katze, die es wirklich verdient hatte.

Wir nannten diese Katze Kitty.

Ich besuchte die beiden oft. Es war einfach nur schön zu sehen, wie genügsam, lieb und dankbar Kitty war. Sie genoß ihr Leben in vollen Zügen. Sie war glücklich dort. Und Bob war auch glücklich. Es tat auch ihm gut, wieder mit einem Kätzchen zu leben.

In dieser Zeit besuchte ich Bob und Kitty sehr oft. Es war immer wieder zu süß zu sehen, wie sich Kitty offensichtlich freute, wenn ich zu Besuch kam. Und ich konnte jedes Mal sehen, wie glücklich Kitty bei Bob war.

Doch leider begann der Tumor wieder zu wachsen. Aufgrund der ungünstigen Stelle, dem Augenbereich, waren trotz Operation Tumorzellen übrig geblieben.

Wir versuchen alles, was möglich war, um das Wachstum zu stoppen. Sie bekam homöopathische

Mittel, Moringa, kolloidales Silber; wir kontaktierten extra einen lieben Bekannten, der von Aloe arborescens als super Mittel bei Krebs schwärmte, das wir dann natürlich sofort für Kitty ebenfalls zubereiteten (Aloe mit Honig und Alkohol). Jeder Versuch war es wert, ihr zu helfen.

Sie hatte offensichtlich keine Schmerzen, es ging ihr gut. Sie genoß alles, sie gab so viel Liebe zurück. Einmal hat sie sogar einen Freigang-Nachtausflug vorgezogen (natürlich haben wir uns sehr gesorgt...).

Der Tumor veränderte sich. Außen sah man eine riesige Wunde, im Rückblick ein offener Tumor. Er breitete sich trotz allem weiter aus. Nichts schien zu helfen, diesen Tumor zu stoppen. Doch wir hatten dennoch immer weiter Hoffnung, denn Kitty ging es gut, und es gab keine Metastasen.

Doch dann, eines Tages, bemerkte ich bei Kitty, daß ihr gesundes Auge eine riesige Pupille zeigte. Kitty wurde blind.

In diesem Moment wußte ich, daß wir den Kampf verloren hatten. Der Tumor war definitiv weiter gewachsen, auch innen, nicht nach außen sichtbar.

Aber auch als Kitty nicht mehr sehen konnte, gab sie uns all ihre Liebe, genoß sie jeden einzelnen Moment.

Und dann kam der Zeitpunkt, wo sie zusätzlich Atemprobleme bekam.

Wir wußten, der Tumor würde sich immer weiter ausbreiten. Es bestand aus unserer Sicht die Gefahr, daß Kitty plötzlich keine Luft mehr bekommen könnte. Und dies wollten wir ihr natürlich ersparen.

Die Tierärztin kam zu Bob und Kitty nach Hause. Kitty schlief somit zu Hause, bei ihrem geliebten Menschen, auch ich war dabei und hatte sie vorher noch lange auf meinem Schoß, für immer ein.

Es waren vier Monate, die wir mit Kitty verbringen durften. Wir waren unendlich dankbar dafür, daß wir diese wundervolle Katze kennen lernen durften und sie uns all ihre Liebe gab. Und wir waren unendlich traurig darüber, daß diese Zeit mit ihr so kurz war, daß wir kein Wunder vollbringen konnten.

Kitty war eine wundervolle Katze, voller Liebe und Dankbarkeit.

Jeannies Vermächtnis

Eine Zeit lang fütterte ich an der Futterstelle unten ein paar erwachsene Katzen: Jeannie, Snoopy, Schwarz und Feliz – und wer sich ab und zu dort sonst noch einfand.

Snoopy war ein junger Kater, den man immer sofort daran erkannte, daß er einen erst einmal angähnte…

Feliz war ein älteres, schwarz-weißes Katzenmädchen, das sich über jede Streicheleinheit, jede Zuneigung, sichtbar riesig freute.

Jeannie war ja die Katze, die ich als junges Kätzchen kennenlernte und einmal mit auf unsere Finca kam, dann aber beschloß, daß ihr Zuhause doch an der Futterstelle unten ist.

Und Schwarz war die "schwarze Humpelkatze". Sie hatte eine leichte Gehbehinderung, konnte eines ihrer Vorderpfötchen nicht normal benutzen; es schien leicht verdreht oder möglicherweise falsch zusammen gewachsen.

Irgendwann aber kamen diese Katzen immer weniger, und Mona und ich, wir teilten uns die Zeiten, mußten nur noch selten bis gar nicht mehr füttern. Ich sah die Katzen aber dennoch immer einmal wieder; sie mußten also eine andere Futterquelle haben.

Dann eines Tages, rief mich Mona an: "Das muß ich dir erzählen, das glaubst du nicht: mehrere junge Tigerkatzen in der Nähe der Futterstelle!"

Ich traf Mona dann ein paar Tage später zufällig an der Futterstelle, als ich zu den Müllcontainern mußte. Wir quatschten, und dann sahen wir sie: mehrere junge Tigerchen auf der Mauer, gegenüber von den Müllcontainern. Keine Babys mehr aber noch nicht ausgewachsen. Es mußte Jeannies zweiter Wurf sein. Aber auch hier brauchten wir nicht füttern, denn sie sahen alle gut aus. Sie hatten wirklich alle eine andere Anlaufstelle.

Und dann, eines Tages, kam keine Katze mehr zu den Mülllcontainern oder zur früheren Futterstelle. Wir sahen keine einzige Katze mehr. Irgendetwas Furchtbares mußte passiert gewesen sein. Wir wußten nicht was, doch es war natürlich ganz schlimm. So viele Katzen, keine mehr da.

Jeannie, Feliz und Snoopy habe ich nie wieder gesehen.

Es war dann im folgenden Sommer, daß Mona und ich zwei ausgewachsene Tiger-Katzenmädchen bei der Futterstelle antrafen. Und so begannen wir wieder mit der Fütterung und gaben diesen zwei Tigermädchen nun wieder regelmäßig Futter. Es mußten zwei Töchter von Jeannie gewesen sein, so vermuteten wir. Sie hatten anscheinend überlebt. Die beiden kamen regelmäßig und waren dankbar für das gesicherte Fressen.

Und dann, so im Spätsommer, die Überraschung: sechs kleine Katzenbabys! Die eine Tigerkatze, ich nannte sie Näschen, hatte einen Wurf mit sechs Babys, die unterschiedlicher nicht hätten sein können: ein ganz kleines Schwarzes, ein Tigerchen, ein Mittleres mit längerem Fell in Weiß mit Braun, ein großes Schwarzes mit weißen Pfötchen, ein Größeres mit längerem Fell in Weiß mit Schwarz und ein Weißes mit getigertem Schwanz und himmelblauen Augen.

Ihr Aussehen war so unterschiedlich, die Größe war unterschiedlich, und doch mußten sie alle so ca. sechs Wochen jung gewesen sein, als ich die Kleinen das erste Mal sah.

Und so fütterte ich nun dann auch Katzenbabys.

Eines Tages war ich wieder am Katzenfüttern. Ich hatte alle versorgt und wie immer genau nachgezählt, alle sechs Babys waren da. Und dann sah ich hinter dem Zaun auf der gegenüber liegenden Straßenseite noch ein Katzenbaby! Und bei genauerem Hinsehen dahinter noch ein zweites! Ich traute meinen Augen nicht, doch auch dies war wahr. Die zweite Tigerkatze hatte auch einen Wurf im gleichen Alter. Sie hatte zwei wunderhübsche Langhaarkatzen geboren. Diese Mama hatte selber langes Fell. Und weil sie so hübsch war, nannte ich diese Mama Guapa, was Spanisch ist und übersetzt eben „hübsch" bedeutet.

Acht Katzenbabys - und nun?

Nun hatten Mona und ich natürlich eine Aufgabe mit all diesen Katzen: acht kleine Katzenbabys und ihre zwei Mutterkatzen. Und dann war da noch der „Papakater", ein weiß-schwarzer Kater, der zumindest einer der Väter sein mußte. Denn so unterschiedlich, wie die Babys aussahen, war es gut möglich, daß da mehrere Kater mitgeholfen hatten. Dies kann in der Natur tatsächlich vorkommen.

Und noch eine Freude kam dazu: Auch Schwarz war wieder da! Auch sie kam nun regelmäßig zu den Fütterungen dazu.

Es waren also allerhand Katzen...

Mona telefonierte ganz Nord-Teneriffa ab, fragte bei allen Tierschützern, bei Tierheimen, bei allen, die auch nur annähernd involviert bzw. engagiert waren in den Tierschutz hier vor Ort. Denn wir wollten natürlich, daß die Kleinen alle ein Zuhause bekommen oder zumindest erst einmal gut untergebracht würden, zumal die Katzenmeute sich immer bei einem Straßenknotenpunkt aufhielt.

Doch die Essenz war niederschmetternd. Die meisten Tierschützer bzw. Tierschutzvereine nahmen nur Hunde auf, die anderen waren "voll mit Katzen". Oder aber die Katzenschützer galten als "Katzenmessies". Die Privatleute hatten alle schon selber genügend Katzen oder lebten nur das halbe Jahr hier auf der Insel.

Und so gab es für uns nur eine Lösung: Wir mußten es selber schaffen, die Kleinen zu vermitteln. Wir fütterten die Katzen weiter täglich, dreimal am Tag, und begannen, Aushänge mit Fotos und "Zuhause gesucht" auszuhängen – bei örtlichen Tierärzten, in Futterläden und wo sonst noch Menschen unterwegs waren, die Interesse haben könnten. Und wir fragten jeden, den wir trafen, ob wir ihn kannten oder nicht, Deutsche wie Canarios, ob sie nicht jemanden wüßten, der gerne ein Katzenbaby aufnehmen würde.

Daß es nicht einfach werden würde, war uns klar. Und so war es dann auch.

Da dann Mona für zwei Monate nicht auf Teneriffa war, fütterte ich nun alleine – weiterhin dreimal am Tag. Dies hatte den Vorteil, daß alle Katzen nach und nach ein wirklich gutes Vertrauen zu mir gewannen. Es klappte prima, auch wenn die Kleinen wild geboren waren und die Mütter Näschen und Guapa auch kein Zuhause kannten.

Bei jeder Fütterung streichelte ich alle Katzen, die es zuließen. Ich blieb während der Fütterung immer dabei, blieb danach noch weiter eine Weile da. Die Katzen, die schon Vertrauen hatten, nahm ich immer auch einmal hoch auf meinen Schoß, gab ihnen jedes Mal ein Küßchen – und ließ sie wieder runter springen, wenn sie genug hatten.

Dann kam das Winterhalbjahr auf Teneriffa und somit die Regenzeit im Norden der Insel. Und so stand ich dann bei Regen mit einem Schirm an der Futterstelle – alle Katzenbabys trocken unter dem Schirm beim Fressen, und ich wurde pitschenaß...

Daher stellte ich dann die Hündehütte, die ich ja noch hatte, zur Futterstelle, die zum Glück an ein "grünes Dickicht" grenzte, so daß man die Hütte nicht gleich von außen sah, die Katzen sich im Dickicht prima aufhalten und verstecken konnten.

Diese Hütte nahm Näschen mit ihren sechs Kleinen sofort an. Sie alle kamen mir auch bei Regen immer trocken entgegen. Doch die andere Mama, Guapa, kam mit ihren beiden Wollknäueln immer pitschenaß zur Fütterung. Denn sie ging über die Straße ins Grundstück gegenüber mit ihren Babys.

Und genau dies war eine der Gefahren dort, denn die Futterstelle lag an einer Straße mit zwei Abbiegern. Natürlich war es dort nicht so viel befahren, aber Autos gab es dort natürlich dennoch. Und so begleitete ich die Kleinen von Guapa immer, wenn sie zur Fütterung kamen und die Straße überquerten bzw. wenn sie zurück ins andere Grundstück erneut über die Straße mußten.

Es war schon auch anstrengend für mich, aber ebenso immens dankbar, was ich erleben durfte mit all den Katzen. Es dauerte nicht lange, da lief mir die ganze "Meute" komplett entgegen, wenn ich zur Fütterung kam. Zwölf Katzen – ich fühlte mich ein wenig wie der "Rattenfänger von Hameln"…

Auch mein Auto erkannten sie sofort. Kam ich mit dem Wagen angefahren, dann liefen zwölf Katzen zu meinem Auto, auch wenn ich ein wenig entfernter parkte. Dies mußte ich, denn ich hatte schon die Situation, wenn ich dichter parkte, daß dann mehrere Katzen unter meinem Auto entspannt saßen und ich nicht mehr los kam…

Sie alle wurden immer zutraulicher und natürlich größer. Wir hofften weiter, alle vermitteln zu können, machten uns aber auch nichts vor.

Mona und ich, genauso wie weitere Freunde von uns, hatten selber schon viele Katzen. Daher wollten wir zu der Zeit keine weiteren aufnehmen. Zum Glück, so gesehen, waren es acht Babys, denn wären es nur eins oder zwei, ich hätte sie sicherlich doch aufgenommen...

Die Mamakatzen mußten wir natürlich noch kastrieren lassen, sobald die Kleinen sie nicht mehr so brauchten. Auch dies stand entsprechend noch an. Und wenn wir nicht alle Kleinen vermittelt bekommen würden, einige draußen bleiben mußten, dann müßten später auch diese kastriert werden.

Nun mußte ich auch sehen, welches Kleine ein Mädchen war und wer ein Junge. Denn wenn wir vermitteln könnten, wollten die Interessenten dies natürlich wissen. Und für uns selber war es auch wichtig, denn die Mädels mußten natürlich zuerst kastriert werden. Bei manchen war es eindeutig, bei anderen hatte ich mich zuerst vertan, bei anderen hatte es sich erst sehr spät gezeigt.

Und sie mußten Namen bekommen.

Die kleinen hübschen Langhaarigen von Guapa nannte ich Bella (ein süßes Mädchen, Schwarz mit etwas Weiß) und Schüchternchen (ein kleiner Kater, der anfangs der Schüchternste war und aussah wie seine Mutter).

Näschens Wurf bekam die Namen Magic (der große Schwarze mit den weißen Pfötchen, weil er mich an einen Zauberstab erinnerte – ein Kater), Angelo (hier war lange unklar, ob Mädchen oder Kater; er war aber so frech, es mußte ein Kater sein; er war der Zutraulichste von Anfang an – der Langhaarige Weiße mit Braun), Kimbali (das Weiße mit den blauen Augen – ich dachte erst, es wäre ein Kater, doch es war ein Mädchen – so wurde aus Kimba dann Kimbali), dann Tigerle (eindeutig ein Kater, der Tiger), Chica (wie sich herausstellte ein Kater, der später Paulo genannt wurde – das größere langhaarige Kätzchen Weiß mit Schwarz), und Peppi (das kleine Schwarze, eindeutig ein Mädchen – sie hatte eine Zeit lang viele einzelne weiße Haare in ihrem weißen Fell und sah aus wie ein Igel – so kam ich auf Peppita, woraus Peppi wurde).

Schüchternchen

Schüchternchen, der kleine Babykater von Guapa, er war anfangs der am wenigsten Zutraulichen. Doch es brauchte gar nicht so viel Zeit, dann hatte auch er erkannt, daß er mir absolut vertrauen konnte. Und so konnte ich auch ihn bald streicheln, auf den Schoß nehmen, liebkosen. Und Schüchternchen war schon bald gar nicht mehr so schüchtern.

Er kam nach wie vor mit seiner Schwester Bella und seiner Mama Guapa über die Straße zur Futterstelle. Ich versuchte weiterhin immer, diese drei Katzen zu begleiten, wenn sie über die Straße mußten, vor der Fütterung und auch danach. Es war natürlich eine Situation, die mir so gar nicht gefiel. Doch Guapa hatte das Feld gegenüber nun einmal als den Zufluchtsort für ihre kleine Familie gewählt; sie fühlte sich dort sicher und gut aufgehoben mit ihren Babys.

Schüchternchen war verläßlich eigentlich immer bei jeder Fütterung mit dabei. Doch dann, eines Tages, fehlte er. Ich hatte kein gutes Gefühl und machte mir natürlich Sorgen. Er fehlte auch bei den weiteren Fütterungen. Ich rief ihn, schaute überall, soweit möglich, beobachtete seine Mutter Guapa, wie sie sich verhielt, etc.

Einige Wochen später sagte mir Mona, daß sie gehört hätte, daß Schüchternchen einen Unfall gehabt hätte. Mehr wollte ich gar nicht wissen.

Er durfte nur wenige Wochen alt werden. Schüchternchen, der aussah wie seine Mama Guapa: langes, braunes Fell. „Wie ein Lux", sagte immer Monas Mann. Schüchternchen, der gar nicht mehr schüchtern war.

Bella bekommt ein Zuhause

Die kleine süße Bella war immer diejenige, die einzige, die mit mir redete... Sie maunzte und maunzte und maunzte, wenn ich zum Füttern kam.

Wir hatten nun ja alles versucht, für die Babys ein Zuhause zu finden, was wirklich schwierig blieb.

Einmal hielt ein Auto mit einem jungen Canario, der mich bei all den Katzen sah. Wie immer fragte ich "Möchtest Du ein Katzenbaby?" Und er antwortete mit "Ja"! Er zeigte gleich auf Bella, das kleine schwarze Wuschelchen. Wir vereinbarten, daß er dann einfach noch einmal mit einer Transportbox kommen solle, meine Futterzeiten gab ich ihm durch. Natürlich fragte ich ihn ein wenig aus, denn Bella sollte nur in ein tolles Zuhause kommen. Dieser "Interessent" lebte hier in der Nähe mit Finca, also ein Grundstück in der Natur, mit Frau und Kind, sowie einem älteren Kater. Also perfekt.

Doch leider kam dieser Canario die nächsten Tage nicht wieder. Dafür hielt dann einmal eine Frau im Auto an der Futterstelle, weil Bella einmal wieder gemächlich über die Straße schlenderte. Die Frau bestaunte Bella und sagte immer wieder: "que guapa, que guapa" – was so viel heißt wie "wie hübsch, wie hübsch"…

Und dann kam der Canario doch noch einmal und sagte, er wolle nun das Katzenbaby aufnehmen. Wieder fiel sein Auge nur auf Bella. Neben ihm saß die Frau, die ein paar Tage vorher staunend vor Bella im Auto anhielt! Wir verabredeten uns für den nächsten Tag.

Er verspätete sich ein wenig, ich hielt die kleine Bella lange auf meinem Schoß fest. Guapa, ihre Mama, blieb, deutlich die Situation verstehend, direkt bei uns. Guapa tat mir sehr leid. Nun hatte sie schon ein Baby verloren, Schüchternchen, und nun sollte auch ihr zweites nicht mehr bei ihr sein. Dies brach mir für sie das Herz, denn Näschen hatte ja noch alle ihre sechs Babys. Doch ich wußte, Bella würde ein schönes Zuhause bekommen und diese Chance mußten wir einfach nutzen.

Dann kam der Canario mit seiner kleinen Tochter. Wir redeten ein bißchen, dann holte er einen Korb, und ich setzte die kleine Bella hinein. Ich zeigte sie noch einmal Guapa. Ich wußte genau, daß Guapa die Situation verstand. Und so hatte Bella als erstes Katzenbaby nun ein neues Zuhause.

Ein paar Tage später rief ich den Canario an und fragte ihn, wie es Bella ginge. Alles wäre gut, sie hieße jetzt Holy, und sie waren zum "Grundcheck" mit ihr auch schon beim Tierarzt gewesen. Und so war ich sicher, sie würden sich prima um die Kleine kümmern.

Kimbalis Vermittlung geht schief

Am gleichen Tag, als die kleine Bella vermittelt wurde, kamen später am Nachmittag Interessenten für ein weiteres Baby. Wir hatten einen Termin ausgemacht an der Futterstelle selber.

Es kam eine kanarisch-russische Großfamilie…, die mir dann mitteilten, sie würden doch gerne gleich zwei Katzenbabys nehmen, eines für sich, ein anderes für die junge Freundin der Tochter. Einen Korb hatten sie nicht mit.

Es war ein mittelschweres Chaos…

Ich versuchte, so gut wie nur möglich, die Lebenssituation herauszubekommen, damit ich sicher war, daß auch dies ein gutes Zuhause für ein oder zwei Katzenkinder wäre.

Dann wurde überlegt, welche Katzen es denn sein sollten. Die Wahl fiel auf Kimbali und Tigerle.

Nach sehr langen, nicht gerade einfachen Gesprächen, sagte ich, daß ich nun aber erst einmal die Katzen füttern müsse, die ja die ganze Zeit artig warteten, zumal ich nur dann, in dieser Situation der Fütterung, eine Katze in den Korb bekommen würde. Denn wenn sie Futter vor sich hatten, waren sie abgelenkt und beschäftigt, und ich konnte sie dann gut streichen, und eben hier auch nehmen für die Vermittlung.

Da ich das Problem im voraus ahnte, daß diese Interessenten ohne Transportbox kommen würden, hatte ich zumindest eine kleine Katzentransporttasche dabei. Aber eben nur eine. Denn ich war ja nur von einem Katzenbaby ausgegangen, das ein neues Zuhause bekommen sollte. Und diese Katzentasche hatte die Größe nur für ein Kleines. Es konnte also erst einmal nur ein Kätzchen ein neues Zuhause bekommen zu diesem Zeitpunkt.

Die Katze, die ich zuerst in die Tasche bekam, war Kimbali. Begeistert war die arme Kleine natürlich nicht.

Eine weitere Katze für die Vermittlung war nun aktuell nicht möglich, denn es fehlte ja eine weitere Transportmöglichkeit für ein zweites Kätzchen. Wir besprachen, daß sie mir die Tasche zurück bringen würden und dann der Tigerle eingefangen würde.

Und so fuhr Kimbali mit diesen Menschen im Auto davon in ihr neues Zuhause.

Gleich am nächsten Tag bekam ich den Anruf, daß Kimbali noch in der ersten Nacht nach draußen entwischt sei und nicht wieder gekommen wäre. Ich fuhr natürlich sofort dort hin.

So konnte ich mir aber gleich auch ein gutes Bild vom neuen Zuhause vor Ort machen. Es war perfekt für eine Katze. Eine wundervolle, natürliche Umgebung, ein Katzentraum. Die Familie kümmerte sich ganz lieb. An den großen aber katzenfreundlichen Hund mußte sich die neue Katze natürlich noch gewöhnen, ebenso wie an die dort bereits vorhandene ältere Katze.

Ich rief und rief Kimbali, suchte sie überall. Und dann sah ich die kleine süße weiße Katze – im Gebüsch, etwas weiter weg vom Haus, aber doch in der Nähe. Sie maunzte, sie antwortete mir. Sie kam sofort zu mir, als sie mich sah und hörte. Ich nahm Kimbali auf den Arm und trug sie zurück in ihr neues Zuhause.

Dort war die Kleine zwar absolut aufgeregt, doch alles war gut. Sie spielte mit den neuen Menschen, die sich alle ganz liebevoll bemühten. Denn auch sie hatten sich natürlich große Sorgen gemacht.

Alles war wieder gut.

Doch drei Tage später erhielt ich erneut den Anruf, daß Kimbali wieder nach draußen entwischt sei, nun schon zwei Tage nicht wieder aufgetaut war. Also fuhr ich wieder dort hin.

Diesmal kam Kimbali nicht, als ich sie suchte. Doch ihre neuen Menschen hatten an der Stelle, wo ich Kimbali das erste Mal draußen fand, Futter hingestellt. Und den Napf fanden sie immer später leer vor.

Ich war mir sicher, daß Kimbali sich hier bediente. Denn sie kannte ja diese Situation, so wie sie aufgewachsen war: draußen in freier Natur und Futter steht dennoch parat.

Ich fuhr zu einem anderen Zeitpunkt noch einmal hin, denn es war nun mein Ziel, dann dort aufzutauchen, wenn es für Kimbali die bekannte Fütterungszeit von vorher war. Wieder aber keine Kimbali.

Nun war die Kleine schon drei Tage lang draußen alleine. Also fuhr ich noch ein weiteres Mal hin, diesmal abends, zur abendlichen Fütterungszeit. Ich stand wieder dort, wo ich sie das erste Mal fand. Keine Kimbali. Nun beschloß ich, so lange dort zu warten, bis es dunkel wurde.

Wartend traf ich in dieser Zeit viele nette Leute, deutsche Touristen, die hier Urlaub machten und mir die Daumen drückten.

Und dann kam sie! Kimbali kam! Ich rief sie, doch sie kam diesmal nicht direkt zu mir. Sie war wieder im Gebüsch, kam diesmal aber nicht von selber zu mir. Und so kletterte ich durch dichtes Gebüsch hoch zu ihr. War klar, daß ich genau an diesem Tag einen äußerst unpraktischen langen Rock an hatte…

Kimbali wartete einfach im Gebüsch, bis ich mich zu ihr durchgewuselt hatte. Ich nahm sie auf den Arm und trug die Kleine durch das Gestrüpp – und setzte sie in den Transportkorb, den ich mitgenommen hatte.

Vorher hatte ich mit ihren neuen Menschen ganz in Ruhe und lange gesprochen. Wir waren überein gekommen, daß ich zum einen nicht andauernd kommen könne, um die kleine Katze immer wieder einzufangen. Zum anderen hatten wir den Eindruck, daß Kimbali dort wirklich nicht glücklich war, warum auch immer.

Und so nahm ich Kimbali bei mir auf; sie kam zu uns nach Hause.

Die kleine Peppi hat einen Unfall

Die kleine schwarze Peppi war schon immer die Schutzbedürftigste von den Katzenstreunerbabys, schon alleine daher, weil sie das kleinste Baby aus dem Wurf war. Sie hatte immer wieder leichte Katzenschnupfensymptome, die ich aber dank Homöopathie schnell in den Griff bekam.

Peppi war so ziemlich die Zutraulichste von allen Kleinen. Sie wußte und spürte, daß wir Menschen ihr helfen, sie schützen. Auch sie kam immer zuverlässig zu den Fütterungen.

Doch an diesem einen Tag waren alle da, nur die kleine Peppi nicht. Ich fütterte alle, dann suchte und rief ich sie. Zum Glück saß sie gleich anbei im Gebüsch. Ich nahm Peppi hoch und trug sie zum Futter. Sie kippte um. Peppi konnte sich nicht mehr auf ihren Beinchen halten.

Ich setzte sie sofort in den Transportkorb, der zum Glück an der Futterstelle zu der Zeit vorsichtshalber parat stand. Und schnell fuhr ich mit ihr zu unserer Tierärztin.

Wir mußten eine gute Weile im vollen Wartezimmer warten. Dann kamen wir dran, Peppi wurde untersucht. Sie sollte ein wenig laufen, damit die Tierärztin sehen konnte, wie sie sich bewegte. Auch hier kippte sie sofort um. Peppi wurde geröngt.

Innere Organe waren zum Glück alle o.k. Es bestand der starke Verdacht, daß sie irgendetwas auf den Kopf bekommen hatte, daher ihr Gleichgewichtssinn nun gestört war. Wir beschlossen, daß Peppi in der Tierklinik dort zur Beobachtung bleiben sollte. Sie bekam hier einmal Cortison, weil Tierärzte dies in solchen Fällen einsetzen, damit das Gehirn nicht anschwillt bzw. eine evtl. Schwellung zurück geht, so die Info an mich.

Ich sagte meiner Tierärztin, daß es ein homöopathisches Mittel gäbe, das Peppi hier helfen könne. Dies hatte ich natürlich nicht dabei. Ich wollte es aber am nächsten Tag bringen, denn leider war die Tierarztpraxis nicht gerade um die Ecke, sondern schon eine gute Fahrtzeit entfernt von unserer Finca, so daß ich die erneute Fahrt auf den Folgetag verschieben mußte.

Und so fuhr ich dann am nächsten Tag wieder hin. Peppi ging es recht gut, sie fraß prima, ließ sich von allen dort streicheln. Sie war in einer größeren Box separat mit Katzenklo und Futter untergebracht. Ich gab ihr das homöopathische Mittel und bat die Tierärztin, ihr dies täglich einmal weiter zu geben. Zum Glück war auch dies bei dieser tollen Tierärztin hier überhaupt kein Problem gewesen.

Ich telefonierte täglich mit der Tierärztin, wie es der Kleinen ging. Es ging ihr gut, von Tag zu Tag besser, sie kippte recht bald schon nicht mehr um.

Nun mußten wir natürlich schnellstmöglich ein Zuhause für Peppi finden. Denn es war klar, "auf die Straße" zurück ging auf keinen Fall.

Und das Wunder geschah. Wieder fragte ich meinen Mann. Bob war sofort bereit, die kleine Peppi aufzunehmen, so wie früher Kitty.

Es war der 24. Dezember, Heilig Abend also, als Bob und ich zusammen Peppi bei der Tierärztin abholten und sie in ihr neues Zuhause brachten.

Es ging ihr gut, sie konnte wieder ganz normal laufen, nur hielt sie ihren Hals noch ein wenig schief; sie hielt ihren Kopf ganz leicht seitlich. Es konnte sein, daß dies so bleiben würde, doch damit konnte sie gut umgehen, bestätigte auch die Tierärztin. Peppi selber schien es nicht zu stören.

Kaum war ich wieder bei mir zu Hause, Peppi nun bei Bob, rief er mich an, daß Peppi weg sei. Ich dachte nur "nicht schon wieder", und dachte sofort an die Erlebnisse mit Kimbali. Doch Peppi konnte dort bei Bob eigentlich nicht raus gelaufen sein, das war dieses Mal recht unmöglich. Sie mußte sich also irgendwo drinnen versteckt haben, wo auch immer.

Und so fuhr ich gleich wieder hin zu Bob. Dort rief ich Peppi. "Da, ich hab sie gehört" – doch wo? Keine Peppi zu sehen. "Ich habe alles abgesucht, nur im Kamin hab ich nicht geschaut, und von da kam das Geräusch", sagte Bob. Also schaute ich in den Kamin und den Kamin hoch. Und da saß sie, die kleine schwarze Katze, oben auf einer Erhöhung im Kamin. Ich holte sie von da runter, so daß ich selber zwar aussah wie ein Schornsteinfeger, doch alles war wieder gut, Peppi ward gefunden.

Von da an wurde die Kaminöffnung mit einem großem Brett verschlossen…

Peppi lebte sich sofort schnell ein und genoß ihr neues Zuhause, ihr erstes richtiges Zuhause, mit ihrem ersten eigenen Menschen, der sich Tag und Nacht um sie kümmerte.

Was für ein Weihnachtsgeschenk…

Angelo bekommt ein Zuhause

Die Familie, die Kimbali aufnehmen wollte, wo die Kleine aber ja zweimal wieder weg rannte, gefiel Mona und mir durchaus gut. Es waren wirklich liebe Menschen, die sich kümmerten, das konnte ich ja sehen, und die Umgebung war definitiv auch absolut Katzen gerecht.

Daher wollten wir es noch einmal versuchen und überlegten, welches andere Katzenkind denn in diese Familie besser passen könnte. Für Kimbali war es nicht das richtige Zuhause gewesen. Welches Katzenkind aber würde sich dort pudelwohl fühlen, vom Charakter her?

Unsere Wahl fiel auf Angelo. Er war der mutigste und frechste der Kleinen. Er war am wenigsten scheu, selbstbewußt, liebte einfach nur sein kleines Katzenleben.

Zwar waren wir zu der Zeit nicht so ganz sicher, ob Angelo wirklich ein Angelo war oder eine Angela, aber nun gut.

Und so verabredete sich Mona erneut mit dieser

Familie und packte Angelo ein.

Ein paar Tage später telefonierten sie. Alles war gut, wurde Mona berichtet. Angelo ging es prima, schon nach nur drei Tagen ließen sie ihn raus, problemlos.

Es war die absolut richtige Entscheidung gewesen.

Später traf ich die Familie ein paar Mal zufällig wieder und fragte natürlich immer nach Angelo. Es war nun sicher, daß er ein Kater war. Es ging ihm dort weiterhin absolut prächtig, und er hieß dort nun Micky.

Meine Katzen lehnen Kimbali ab?

Kimba, so nannte ich sie jetzt wieder eher denn Kibali, war ja noch nicht so lange bei mir. Sie hatte sich sofort wohl und zu Hause gefühlt, denn mich kannte sie ja, mir vertraute sie.

Eigentlich hatte ich den Eindruck, daß meine anderen Tiger sie auch gleich akzeptiert hatten.

Allerdings hing Kimba sehr an mir. Fast immer war sie an meiner Seite. Dies mag jedoch auch daran gelegen haben, daß all die anderen Katzen für sie noch neu und somit fremd waren.

Doch eines Tages verweigerten alle meine Katzen das Futter, außer Kimba, die noch nicht so viel raus ging. Sie wollten nichts fressen, kollektiv, wollten einfach alle sofort raus am frühen Morgen.

Mein trauriger Gedanke war, daß sie alle Kimba doch ablehnten, sie nicht akzeptieren wollten. Natürlich war ich sehr traurig, zumal auch Kimba nun so sehr an mir hing und mir so viel Liebe entgegen brach. Doch auch auf meine anderen Katzen mußte ich natürlich Rücksicht nehmen.

Da die Situation zu diesem Zeitpunkt für mich so eindeutig war, fragte ich Bob, ob er nicht auch

Kimba aufnehmen würde. So hätte Peppi einen Katzenkumpel, und die zwei kannten sich ja, weil sie Geschwister waren und zusammen aufgewachsen waren.

Wieder sagte Bob sofort „ja".

Schweren Herzens, doch mit dem Gedanken, daß dies für alle die beste Entscheidung war, daß es Kimba auch dort sehr gut gehen würde, daß sie dann zusammen mit Peppi wäre, brachte ich die Kleine somit zu Bob und Peppi.

Auch dort fühlte sich Kimba sofort zu Hause.

Und einen Tag später rief Bob mich freudig an: „Für Peppi ist das der absolute Hauptgewinn, daß nun die Kimba hier ist".

Ich freute mich, auch wenn ich weiterhin natürlich sehr traurig war, daß ich Kimba in ein neues Zuhause geben mußte.

Alle Katzen sind krank

Doch dann stellte sich heraus, daß dies gar nicht der Grund war, daß meine Katzen nicht fressen wollten. Kimba war nicht die Ursache.

Sie hatten einen anderen Grund, warum sie die Nahrung verweigerten.

Alle hatten einen Infekt! Dies stellte sich heraus, als ich mit der einen und anderen Katze von meinen Tigern, denen es am schlechtesten ging, dann beim Tierarzt war. Sie hatten alle eine Hals- bzw. Rachenentzündung. Daher konnte ich sonst äußerlich keine Symptome erkennen. Denn keine Katze zeigte ein sichtbares Symptom, außer, daß sie die Nahrung so ziemlich verweigerten.

Die Katzen, mit denen ich beim Tierarzt war, bekamen Antibiotika. Alle anderen, denen es nicht ganz so schlecht ging, konnte ich mit der Homöopathie helfen.

Im Nachhinein hatte ich mich natürlich verdammt über mich selber geärgert, daß ich Kimba aus falschem Grund weg gegeben hatte. Doch gleichfalls wußte ich, daß es ihr bei Bob gut ging, und daß es für Peppi so auch eine gute Lösung war. Und vielleicht hatte ich Kimba so auch vor dem Infekt bewahrt. Denn sie hatte ja keine Beschwerden, hätte sie aber vielleicht bekommen, wenn sie weiter bei mir und den anderen Katzen geblieben wäre.

Dieser Infekt schien bei uns in der Umgebung reihum zu gehen.

Ich hörte auch von anderen betroffenen Katzen hier in der Nähe, und auch die restlichen Streunerkatzen und die Katzenkinder draußen, die noch an der Futterstelle waren, wurden krank.

Bei den Streunerkatzen waren von diesem Infekt betroffen Tigerle, Näschen und Magic. Chica (die inzwischen zu Paulo umbenannt wurde, weil es doch ein Kater war...) hatte nichts, Guapa anfangs ebenfalls nicht.

Der erste der Streuner war Tigerle, der nichts fraß. Wir beobachteten ihn, dann beschloß Mona, ihn zu sich zu nehmen und am nächsten Tag zum Tierarzt zu fahren, da es an diesem Tag schon später war, die Tierärzte nicht mehr offen hatten.

Tigerle

Als ich am nächsten Tag Streuner füttern ging und hierbei Magic in den Katzenkorb packte, weil auch er nichts fraß, um mit ihm zum Tierarzt zu fahren, traf ich Mona; sie war auf dem Weg zum Tierarzt mit Tigerle. Sie sagte zu mir: „Oh, dich wollte ich jetzt eigentlich nicht treffen; es geht ihm gar nicht gut." Und dann fuhr sie mit Tigerle zur nächsten Tierärztin, hier in der Nähe.

Ich nahm Magic im Korb kurz zuerst auf unsere Finca, dann fuhr ich auch mit ihm zur gleichen Tierärztin, wo Mona ja bereits mit Tigerle war. Mona war inzwischen nicht mehr dort. Ich erzählte dieser Tierärztin von dem allgemeinen Infekt und daß Magic der Bruder von Tigerle wäre, der ja auch bei ihr war.

Die Tierärztin sah mich nur an und sagte auf Spanisch "Der Tiger ist tot".

Ich wäre fast zusammen gebrochen.

Der Kleine hatte es nicht geschafft. Es war ein Schock für mich. Darauf war ich nicht vorbereitet.

So ein kleiner süßer Tiger, so lieb war er.

Nun war auch sein kurzes Leben bereits beendet.

Magic und Näschen schwächeln

Magic erhielt ein Antibiotikum bei der Tierärztin und mußte dann ein paar Tage bei Mona in einem kleinen Zimmer ausharren, bis es ihm besser ging. Aber dann ging es ihm wieder recht gut.

Ich selber hatte leider nicht gut die Möglichkeit, Magic vorübergehend aufzunehmen. Zum Glück aber hatte Mona mehr Platz und mehr Zimmer, so daß Magic bei ihr gut untergebracht war.

Kurz nach all dem fing auch Näschen an, die nun ebenfalls nichts mehr fraß. Auch sie bekam vom Tierarzt ein Antibiotikum. Dann hatten wir sie zu Magic, ihrem Sohn, gesellt, ins gleiche Zimmer bei Mona. Hat sich Magic gefreut!

Das war zu süß anzusehen, wie glücklich Magic war, daß nun seine Katzenmama wieder bei ihm war.

Ein paar Tage waren die zwei dort zusammen drinnen, dann ging es ihnen wieder bestens, und sie durften wieder raus.

Da Mona direkt bei der Futterstelle wohnte, konnte sie den beiden einfach die Tür öffnen, und sie wußten sofort, wo sie waren – in ihrem „Zuhause", ihrer Welt draußen, bei der Futterstelle.

Guapa

Es kam der 31.12., Silvester.

Guapa fehlte mir jetzt schon ein paar Tage. Sie war die ganze letzte Zeit nicht zum Fressen an die Futterstelle gekommen. Ich rief sie, suchte sie, jeden Tag. Doch - nichts.

Dann am 31.12. sah ich sie. Sie lag hinter einem Zaun in einem Feld, direkt gegenüber der Futterstelle, auf der anderen Seite der Straße.. Als ich sie sah, war ich mir nicht sicher, ob sie überhaupt noch lebte, so wie sie da lag. Sie mußte sich dorthin gequält haben. Denn vorher war sie nicht dort, ich hatte sie dort nicht gesehen, wo ich doch täglich fütterte.

Ich konnte etwas durch den Zaun fassen und wußte daher, Guapa lebte noch. Sie sah schlimm aus, fast leblos. Ich holte schnell Transportkorb und Schere und schnitt den Maschendrahtzaun auf, damit ich zu ihr konnte, sie nehmen konnte. Ich zog Guapa durch den Zaun, legte sie in den Korb. Dann eilte ich mit ihr zu meinem Auto und fuhr zur Tierärztin hier in der Nähe, wo wir mit den anderen schon waren, denn es war absolute Eile geboten.

Guapa sah gar nicht gut aus. Sie bekam sofort eine Infusion und eine Wärmequelle. Es wurde auf meinen Wunsch hin sofort ein Blutbild gemacht. Sämtliche Werte waren aus allen Fugen. Eine Vergiftung wäre möglich, aber auch anderes. Es war Samstag, dieser Tierarzt hatte jedoch keinen Wochenenddienst, weder Samstag Nachmittag noch Sonntag. Ich ließ Guapa kurz dort für Infusionen, dann holte ich sie wieder ab und fuhr dann mit Guapa zu meiner guten Tierärztin, die aber eben weiter weg ihre Praxis hatte.

Sie sah sich Guapa ebenfalls an, begutachtete das Blutbild, das ich mitgenommen hatte. Und sie sagte, daß es wirklich nicht gut aussehen würde, daß es schiene, daß Guapa bereits am Sterben wäre. Aus ihrer Sicht könne das Blutbild auf etwas wirklich Schlimmes schließen, wie z.B. Katzenseuche.

Ich schaute mir Guapa noch einmal an, fühlte ab, ging in mich. Ich spürte und sah, daß es für sie wirklich keine Chance mehr gab, daß sie litt. Ich gab mein O.k. für das Erlösen von Guapa.

Diese wunderschöne Katze, sie mußte so traurig sterben.

Ihr eines Baby, Schüchternchen, hatte es nicht

geschafft. Aber ihr zweites Kind, Bella, sie lebte und hatte ein schönes Zuhause.

Doch Guapa selber, auch ihr war es leider nicht vergönnt.

Eigentlich sollte Guapa jetzt auch kastriert werden, wie es Näschen bereits war, die wir vor wenigen Tagen zur Tierärztin brachten für die Operation .

Doch das Schicksal hatte leider eine andere Wahl für Guapa, unsere wunderhübsche Guapa.

Streunerkater Maske

Kater Maske kannten wir nun ja schon lange. Er kam immer einmal wieder kurz vorbei, auf unsere Finca, ansonsten aber ging er seiner Wege, seiner Streunerkaterwege.

Warum ich ihn Maske nannte? Nun, er hatte eine Zeichnung wie eine Maske. Er war ein weißer Kater mit einer schwarzen Maske im Gesicht.

Ich dachte anfangs, daß Maske ein Zuhause haben müßte. Denn er hatte zwei Halsbänder. Doch sein Verhalten sprach mit der Zeit mehr und mehr dagegen.

Maske kam vor allem anfangs viel zu uns, als unsere Gipsy ja rollig war. Denn mit ihrer lauten "Röhrstimme" zog sie eben zu dem Zeitpunkt sämtliche unkastrierten männlichen Streuner aus der Umgebung an... Und so auch Maske.

Doch Maske wurde damals von allen Katzen hier vertrieben, denn der andere Bewerber, Pirata, der ja auch Streuner war, wurde von unseren Katzenmädels absolut bevorzugt und gemocht.

Es gab Zeiten, da kam Maske viel. Und es gab wiederum Zeiten, da sah ich ihn gar nicht.

An einem Tag hörte ich die Nachbarhunde länger laut bellen. Mit der Zeit konnte ich an deren Bellen genau einschätzen, ob einfach jemand vorbei ging, also nichts war, oder ob doch eine besondere Situation vorherrschte. Dieses Bellen damals war anders. Es war so, daß ich nachschauen mußte, warum die Hunde sich so auffällig verhielten. Und dann sah ich die Ursache: Auf dem Zaun zum Grundstück mit den Hunden, gegenüber meiner Finca, saß oben eine Katze. Sie saß praktisch oben am Maschendrahtzahn. Sie kam so nicht mehr zurück auf die Straßenseite, drinnen auf dem Grundstück aber waren die Hunde.

Ich überlegte. Wie konnte ich helfen? Kam ich der Katze zu nahe, bestand die Gefahr, daß sie vor mir flüchten würde, direkt zu den Hunden. Also beschloß ich zu versuchen, irgendwie die Hunde abzulenken. Ich warf etwas ins Grundstück, wieder und wieder, damit die Hunde so beschäftigt waren und die Katze die Chance bekam zu flüchten. Die Katze nutzte tatsächlich einen günstigen Augenblick, und ihr gelang die Flucht. Doch leider, in die falsche Richtung. Sie sprang direkt in das Grundstück mit den Hunden.

Ich sah die Katze dann erst einmal nicht mehr. Ich schaute mehrmals wieder auf das Nachbargrundstück, doch nichts zu sehen. So dachte ich, alles wäre gut. Doch einen Tag später hörte ich die Hunde wieder auffällig bellen. Und da sah ich sie - die Katze saß oben im großen, hohen Baum auf dem Hundegrundstück. Sie traute sich sichtbar nicht mehr hinunter und schien auch keinen Weg nach draußen zu finden.

Als der kanarische Hundehalter kam, denn die Hunde lebten dort sonst alleine, erhielten aber regelmäßig Futter, und ich ihn sah, erzählte ich ihm von dem Katzenproblem. Er war absolut nett, verständnisvoll und kooperativ. Er leinte seine Hunde ganz hinten auf seinem Grundstück an und öffnete weit das Tor. Es war die Chance schlechthin für die Katze. Aber nein, sie kam nicht runter. Ihre Angst war zu groß. Wir hatten keine Chance. Also mußten wir weiter abwarten.

Einen weiteren Tag später klingelte ich bei den direkten Nachbarn des Hundegrundstückes, auch Canarios. Ich schilderte auch ihnen die Situation und beäugte auf deren Grundstück, ob es für die Katze vielleicht die Möglichkeit gab, von ihrem Hochsitzbaum direkt in dieses Nachbargrundstück zu springen. Doch auch diese Möglichkeit schien ausgeschlossen. Eine ausweglose Situation. Zumindest aber waren nun alle informiert.

Ich konnte jetzt nur hoffen, daß die Katze im Baum irgendwann eine günstige Situation nutzte, z.B. nachts wenn die Hunde schliefen, und sich dann trauen würde, den Baum zu verlassen, um einen Weg, wie auch immer, nach draußen zu finden. Zum Locken stellte ich vor das Außentor beim Hundegrundstück ein wenig Katzenfutter. Doch dies blieb unberührt. Immer wieder schaute ich in den Baum. Die Katze saß bestimmt mindestens drei Tage dort oben. Dann auf einmal aber sah ich sie nicht wieder. Sie mußte es also geschafft haben.

Und als ich dann wieder einmal zufällig mit den angrenzenden Nachbarn sprach, die Canarios neben dem Grundstück mit den Hunden, sagten sie mir, daß sie diese Katze auf ihrem eigenen Grundstück gesehen hatten. Prima, die Katze war also in Sicherheit.

Wieder ein paar Tage später kam diese Katze auf unsere Finca. Ich hatte das Gefühl, sie kam extra, um sich bei mir zu bedanken. So sah ich sie von der Nähe und dachte: "Du siehst aus wie Maske". Und erst da wurde mir bewußt, die Katze im Baum war Maske!

Daraufhin kam er immer wieder einmal kurz zu Besuch, hielt sich aber nie lange auf. Als er einmal oben auf unserem Tor saß, konnte ich unten an seinem Bauch eine Verdickung erkennen. Ich wußte natürlich nicht, was es war, aber es war schon recht groß. Und da sich Maske nicht anfassen ließ, ich nicht wußte, wo er wohnte, konnte ich hier leider nichts tun. Und dann sah ich Maske mehrere Monate nicht mehr.

Plötzlich aber war Maske wieder da! Es war also alles gut, prima. Auch diese Verdickung konnte ich da nicht mehr sehen. Maske kam uns von da an täglich besuchen. Wie viele Streuner fand er es toll, auch mit dabei zu sein, wo andere Katzen lebten. Doch Maske war eben ein unkastrierter Kater... Der Vorteil: Man hörte ihn immer schon von weitem, wenn er röhrend sein Kommen ankündigte. Der Nachteil: Er markierte alles und hatte ein starkes Katerrevierverhalten.

Das mit dem Markieren war draußen natürlich nicht so schlimm. Doch da Maske, wie jede Katze, sehr neugierig war, kam er (heimlich) auch immer wieder bei uns rein. Und da ist das Markieren schlimm! Also mußte ich nun immer die Außentür schließen, wenn Maske in der Nähe war.

Unsere Katzenmädels kamen nun prima mit Maske zurecht. Sie akzeptierten ihn. Nur die Kleinste, Piña, meinte anfangs, sie müßte ihn (alleine!) vertreiben... Und Sunny, wie sie nun einmal war, gab ihm gerne auch einmal ein Küßchen. Sogar Bonny hatte sich dies einmal getraut. Nur wenn Maske und Cato aufeinander trafen, also zwei Kater, erinnerte sich Maske, daß er ein unkastrierter Kater war. Und dann wurde er sehr unentspannt. Cato hatte da eigentlich gar keine Lust zu, der wollte einfach nur seine Ruhe (zum Glück).

Leider war Maske sehr scheu. Denn ich hätte ihn natürlich schon ganz gerne kastrieren lassen.

Aber er hatte ja die Halsbänder. Diese mußten ihm einmal irgendjemand angelegt haben. Also mußte er einmal ein Zuhause gehabt haben. Von seinem Verhalten her aber hatte er dies nicht mehr, zumal das eine Halsband so marode war, das würde niemand so lassen. Und Maske kam auch zu oft zu uns, auch hatte er sichtbar Hunger. Allerdings konnte ich ihn nur dann füttern, wenn unsere Katzen drinnen waren. Alles andere wäre nicht gut gegangen.

Allem Anschein nach aber kam Maske gut zurecht, was sein Futter betraf. Er wird sich zum einen draußen selbst versorgt haben, zum anderen kannte er auch die Futterstelle bei den Streunerkatzen unten bei den Müllcontainern. Und viele Menschen, die hier leben und Tiere haben, haben für sich immer Trockenfutter für ihre Katzen draußen stehen...

Ich versuchte aber schon, daß Maske zutraulicher wurde. Denn ich wollte ihm diese "blöden" Halsbänder abmachen. Und ich hätte es schön gefunden, wenn er kastriert werden könnte. Und so merkte ich, je öfter Maske uns besuchte, umso mehr Vertrauen bekam er.

Eines Tages dann ergab sich die Situation, daß alle unsere Katzen drinnen waren, während Maske auf der Terrasse war. Ich gab Maske dort Futter und blieb dabei. Ich hockte mich neben ihn und versuchte, ihn zu streicheln. Er ließ es zu! Er fraß, und ich versuchte, diese Situation weiter zu nutzen. Ich hatte es tatsächlich geschafft: Ich konnte ihm zumindest ein Halsband abmachen. Das war ein super Erfolg. Und dieser machte mir Hoffnung, daß wir den Rest auch noch schaffen würden.

Paulo, ehemals Chica,

bekommt ein Zuhause

Es hatte sich ja herausgestellt, daß das Katzenkind mit den längeren Haaren, weiß mit schwarz, doch kein Mädchen war, wie wir anfangs dachten, sondern ein Kater. Unsere Chica wurde daher in Paulo umbenannt.

Da die Futterstelle, wo ja auch Paulo, mit den anderen, immer zugegen war, in der Nähe von Monas Haus lag, kam auch Monas Mann ab und zu dort vorbei und schaute sich die Kätzchen an, sah ihnen zu. Und er verliebte sich in Paulo. Nun wollte Mona eigentlich keines der Katzenbabys aufnehmen, schließlich hatte auch sie ja bereits selber einige Katzen.

Doch mit der Zeit gefiel Mona der Gedanke ihres Mannes, sie gewöhnte sich daran - und so nahmen sie Paulo auf.

Nun hatte also auch Paulo ein großartiges, liebevolles Zuhause.

Anfangs ließen sie ihn drinnen, damit er sich an alles gewöhnte. Doch dann durfte Paulo wieder raus. Und da eben sein neuen Zuhause dicht bei der Futterstelle war, traf er dort auch immer wieder auf seine frühere Katzenfamilie, auf seine Mutter Näschen, Magic, Schwarz und den Papakater.

Kater Maske ohne Halsband

ganz dicht bei Cato

Noch einmal gab es diese günstige Situation: Kater Maske kam auf unsere Terrasse, als alle unsere Katzen drinnen waren. Ich gab ihm wieder Futter, er ließ sich erneut streicheln, und ich konnte das zweite Halsband auch abmachen! Endlich, nach Jahren, hatte er nun endlich diese schrecklichen Halsbänder nicht mehr! Es war ein kleines Wunder, aber wie schön, daß ich es geschafft hatte. Denn diese Halsbänder waren so fest und steif; er hätte sich ganz leicht damit verfangen können.

Und dann kam es noch besser. Draußen waren Maske und Cato. Maske lag entspannt bei der Terrasse. Ich hockte mich dicht neben ihn. Cato kam dazu, schmiegte sich an mich, und, sich in meiner Sicherheit wiegend, legte sich Cato dann ebenfalls entspannt auf den Rücken neben Maske! Beide Kater lagen gelassen dicht nebeneinander! War das schön anzusehen!

Gut, es hielt nicht lange an, denn, warum auch immer, Cato meinte dann, er müßte kurz aufstehen und noch dichter zu Maske gehen... Und das ging natürlich nicht gut. Aber diese Situation zeigte mir, es würde alles gut werden, was Maske betraf, auch unter diesen beiden Katern.

Kimbas Kastration

Kimba und Peppi waren nun so sechs bis sieben Monate jung. Peppi blieb weiter die Kleinste von allen Katzenkindern.

Doch unsere Kimba wurde rollig. Ich hatte noch nie so eine sanfte, zarte, rollige Katze gesehen. Kimba schrie überhaupt nicht. Aber sie wälzte und rollte sich schon sehr auffällig...

Und so machten wir für Kimba einen Termin für die Kastration bei meiner Tierärztin. An diesem Tag war Peppi dann natürlich alleine, seit langer Zeit alleine, ohne Kimba. Peppi war durch diese Situation so durch den Wind, daß sie das Futter komplett verweigerte.

Die Kastration von Kimba verlief problemlos. Doch Kimba schien sich davon nicht so schnell zu erholen. Sie war müde, und sie zitterte. Ich hatte Kimba mit Bob zusammen von der Tierärztin wieder abgeholt und war nun bei Bob und den beiden Katzen. Es ging Kimba sichtlich nicht gut. Sie schien die Narkose nicht so einfach zu verarbeiten, so war mein Eindruck.

Da es schon spät war, blieb ich bei Bob, Peppi und Kimba bei uns, Kimba die ganze Nacht streichelnd.

Am nächsten Morgen ging es Kimba ein wenig besser, doch vorsichtshalber fuhr ich schnell zu mir auf die Finca, holte homöopathische Mittel, um Kimba so zu unterstützen, OP und Narkose besser zu verarbeiten.

Und zum Glück ging es ihr danach wieder besser und gut.

Unwetter auf Teneriffa und Maske im Korb

Es gab eine Unwetterfront auf Teneriffa, Starkregen und Kälte.

Wir freuen uns schon alle, wenn wir den Teide wieder sehen könnten. Noch war er durch die Wetterlage von Wolken und Nebel umhüllt. Mit Sicherheit würde er schneebedeckt sein, was im Winter der Fall ist, wenn es kühler ist und Niederschlag fällt.

Dieses Wetter, zwar nicht ganz untypisch für die Winterzeit, aber doch sehr kalt für hiesige Verhältnisse (7 Grad morgens bei uns auf der Finca) freute natürlich kaum jemanden, auch wenn hier alle seit Wochen auf den Regen gewartet hatten und dieser nun da war.

Drinnen machte man den Kamin an und am besten auch alle mobilen Elektroheizungen, die man hatte. Denn normale Heizungen, wie man sie aus Deutschland kennt, gibt es hier kaum.

Ich dachte natürlich auch an die Streunerkatzen draußen und hoffte, daß sie alle hoffentlich einen warmen und trockenen Unterschlupf gefunden hatten.

Entsprechend waren meine Katzen praktisch den ganzen Tag mehr oder weniger drinnen, vielleicht einmal kurz auf der überdachten Terrasse, doch nur um festzustellen, daß es draußen immer noch katzenungemütlich war. Doch wenn Katze hier clever war, lag sie einfach drinnen direkt an der Heizung...

Auch abends war es so niedlich. Nachts waren immer alle Katzen drinnen. Nur Cato bekam die Ausnahme, da er ein "geborener Streunerkater" war, daß er entscheiden durfte, ob er drinnen oder draußen bleiben mochte. Bei diesem Wetter aber... Alle Katzen waren drinnen, wir hatten es uns bereits gemütlich gemacht. Doch Cato kam immer wieder mit mir zur Terrassentür, um draußen nach Maske zu sehen. Er schien sich wirklich um Maske zu sorgen. Es war zu niedlich.

Am nächsten Tag dann wieder das gleiche Wetter. Und ein Spektakel! Es gab Schnee auf Teneriffa, und zwar nicht nur auf dem Teide!

Ich kam vom Einkaufen mit dem Auto nach Hause, denn ich hatte die kurze, fast regenlose Zeit schnell genutzt, und traute meinen Augen nicht, als ich wieder unseren Berg hoch fuhr, was ich dann sah: Schnee! Auf Teneriffa!

Es mußte bei uns in Höhenlage geschneit oder gehagelt haben!

Ich rief sofort die Katzen raus: "Kommt raus, wir haben Schnee!" Bonny und Sunny kannten Schnee aus Deutschland, die Katzen hier von Teneriffa aber natürlich nicht. Sie kamen alle schauen...

Maske war Wetter bedingt nun immer hier in der Nähe. Wir machten mittags drinnen Siesta, und ich hörte schon wieder den nächsten Regenschwall draußen prasseln. Ich sah nach draußen und sah dort Maske vor der Tür. Ich hätte ihn so gerne reingelassen. Wäre er doch schon kastriert gewesen... Was tun? So stellte ich draußen vor die Tür unter die Terrassenüberdachung einen Transportkorb und legte ein Handtuch rein, damit Maske es ein wenig warm hatte. Und er nutzte dankbar sofort dieses Angebot!

Als wir dann alle zusammen nach unserer Siesta wieder die Tür öffneten, sahen natürlich alle Katzen Maske dort im Korb, der es da so toll fand, daß er gar nicht mehr raus kam. Irgendwann aber tat er es doch, als es wieder fünf Minuten regenlos war und die Katzen einen Minispaziergang machen konnten. Und wer war dann so frech und legte sich gleich in den Korb? Unser Cato.

In der Zwischenzeit konnte ich mir auch unseren Schnee genauer ansehen. Es war kein Schnee, es war, wie ich schon vermutete, Hagel! Dicke, wirklich riesige Hagelkörner!

Streunerkatzen an der Futterstelle

Nun waren es diese Streunerkatzen, die ich derzeit mit Mona zusammen an der Futterstelle fütterte und mich um sie kümmerte: Magic, das eine Katzenbaby, das an der Futterstelle bei seiner Mama blieb und seine Mutter Näschen, dann noch Schwarz mit ihrer Gehbehinderung und der Vater der damaligen Babys, Papakater.

Näschen war jetzt so ein bis eineinhalb Jahre alt, ihr Sohn Magic inzwischen sieben Monate.

Wir hatten nun beschlossen, daß die zwei, Näschen und Magic, an der Futterstelle draußen zusammen bleiben sollten. Die anderen Kleinen konnten wir ja gut vermitteln.

Der Papakater war ein großer schwarz-weißer Kater. Es war eine richtige kleine Familie in der Zeit anfangs an der Futterstelle.

Schwarz, halt eine komplett schwarze Katze, behielt ihr Problem mit ihrer einen Vorderpfote, die sie nicht richtig bzw. normal bewegen konnte. Dies mochte angeboren sein, oder sie hatte einmal einen Unfall und es war dann falsch zusammen gewachsen. Sie kam hiermit aber nach wie vor prima klar, war jedoch schon in ihren Bewegungen stark eingeschränkt. Sie hatte immer wieder einen Schnupfen, kam aber auch damit zurecht.

Alle Katzen wurden von mir natürlich auch homöopathisch betreut, wenn erforderlich, so natürlich Schwarz mit ihrem Schnupfen und dem Pfötchen. Auch den Nickhautvorfall vom Papakater unterstützte ich mit der Homöopathie Dies war nicht schwierig, denn entweder schleckten die Katzen einfach die in Kondensmilch aufgelösten Globuli, oder ich streute sie einfach gezielt auf ihr Futter.

Schwarz ist rollig

Schwarz, unsere "schwarze Humpelkatze", war auf einmal rollig.

Ich kannte sie ja praktisch, seitdem wir hier lebten. Wir hatten immer gedacht, sie würde nicht rollig werden, denn in all den Jahren hatten wir nie etwas in dieser Hinsicht mitbekommen.

Doch eines Tages dann lief sie dauermaunzend neben mir her. Ich dachte erst, sie hätte Schmerzen. Doch als sie dann freudig dem Papakater hinter her lief, wurde mir klar – sie war rollig!

Es wäre eine Katastrophe, wenn diese Katze gedeckt würde. Nicht nur, weil der Deckakt für eine Katzendame sehr schmerzhaft sein kann, sondern auch, es wäre nicht auszudenken, wenn sie Babys bekäme. Nicht auszuschließen war aber auch, daß sie doch schon Babys hatte, aber keines überlebt hatte. Denn durch ihre Behinderung war sie nicht so beweglich und hätte sich selber und somit auch die Babys nicht so versorgen und schützen können.

Und so stand nun ihre Kastration als einzige Lösung

an. Zum Glück war Mona so lieb und nahm Schwarz sofort zu sich, damit sie erst einmal drinnen war und nicht trächtig werden konnte. Und noch einmal zum Glück – Schwarz fühlte sich dort wohl! Wir hatten natürlich Bedenken, daß sie mit dem Eingesperrtsein nicht zurecht käme. Doch das Gegenteil schien der Fall. Ihr Schnupfen wurde automatisch besser, sie meckerte oder maunzte nicht, sie schien sogar nicht mehr rollig. Es tat ihr also richtig gut, nun drinnen zu sein und ein kleines Zuhause, wenn auch vorübergehend, zu haben.

Unsere Tierärztin hatte ich bereits kontaktiert. Und so wartete ich nun auf ihren Rückruf, denn wir wollten Schwarz natürlich nicht zu lange dort eingesperrt lassen; sie mußte also recht bald kastriert werden.

Schwarz wurde kastriert

An einem Freitag wurde Schwarz dann kastriert.

Es war nicht einfach, so kurz vor Ostern noch einen Termin zu bekommen, denn eigentlich war unsere Tierärztin komplett ausgebucht. Doch ich schilderte die Situation, daß Schwarz eine Streunerkatze wäre, nun drinnen bei meiner Freundin in einem kleinen Zimmer war, wir sie dort nicht Tage lang einsperren konnten. Und so hatten wir Glück und bekamen für Freitag ganz früh noch einen Termin. Schwarz war tatsächlich sofort nicht mehr rollig, von dem Moment an, als sie nicht mehr draußen war. Denn während der Rolligkeit sollten Katzen nicht kastriert werden.

Ich fuhr am Freitag in aller Frühe morgens mit Mona und Schwarz im Korb zusammen hin – Schwarz maunzte die ganze Fahrt lang.

Die Kastration verlief problemlos, und Mona holte Schwarz am Nachmittag wieder ab, wieder zu ihr nach Hause vorerst.

Am nächsten Tag rief mich Mona an, daß Schwarz an der OP-Stelle noch zu bluten schien. Ich ging sofort rüber, denn dies sollte natürlich normalerweise nicht sein.

Es ging Schwarz prima, sie schnurrte, sie fraß, doch tatsächlich trat an der Stelle immer wieder ein wenig frisches Blut aus. Auch den Faden der Naht sah ich nicht mehr. Eine offene Stelle war zum Glück aber nicht groß zu erkennen.

Sie mußte sich entweder den Faden selbst gezogen haben, oder aber sie kam unglücklich mit ihrer einen Vorderpfote, die sie nicht so gut kontrollieren konnte, ihre Problempfote, an die OP-Stelle bzw. die Naht.

In Rücksprache mit der Tierärztin verbanden wir die OP-Stelle erneut. Zusätzlich gab ich Schwarz ein homöopathisches Mittel zur Unterstützung der Wundheilung. Und Mona beobachtete sie natürlich weiter gut.

Am nächsten Tag rief mich Mona zweimal an, daß alles gut wäre. Die OP-Stelle war trocken, keine neue Blutung. Alles blieb gut.

Bob zieht mit Kimba und Peppi bei uns ein

Peppi und Kimba ging es wirklich prima bei Bob.

Doch dann mußte Bob mit den beiden umziehen. Sein Häuschen hatte Holzwürmer, und die Eigentümerin wollte dieses Thema angehen.

Es gab viele lange Gespräche und Diskussionen, wie dies gehandhabt werden könnte. Schließlich entschied sich die Vermieterin für die Giftvariante. In die befallene Holzdecke, die im gesamten Häuschen verkleidet war, sollte Gift gegen die Holzwürmer eingebracht werden.

Dies war so eine Giftvariante, daß zum Zeitpunkt des Einbringens und noch eine Weile danach weder Mensch noch Tier dort wohnten konnten und sollten.

Also mußte Bob mit den Katzen dort raus. Erst einmal vorübergehend, aber aufgrund der gesamten Situation war Bob auch die Lust vergangen, in diesen Haus danach wieder einzuziehen.

Er erkundigte sich und fand in der Umgebung ein

Feriendomizil, wo er mit den beiden Katzen erst einmal eine Weile unterkommen konnte. Natürlich war dies nicht gerade eine günstige Variante, denn es waren Ferienobjekte mit entsprechenden Touristenpreisen.

So wählte Bob ein kleines Häuschen, mehr ein kleines Appartement, das für einen kleinen Urlaub sicherlich genug Platz bat, nicht aber für einen Menschen mit zwei jungen Katzen.

Aber dennoch, Peppi und Kimba meisterten auch dies prima, denn Bob war ja da. Peppi, die einfach ihr kleines Leben immer liebte, machte auch in diesem kleinen Domizil weiter Party und spielte und spielte. Kimba, die ruhigere von beiden, schaute jedoch immer wehmütig durchs Fenster nach draußen, wenn Bob dort auf der Terrasse saß.

Also suchte Bob für sich und die zwei Kätzchen ein neues Zuhause. Doch so einfach war dies nicht, denn die beiden sollten nun ja auch langsam Freigang bekommen. Also mußte auch die Umgebung Katzen gerecht sein.

Da Bob und ich uns zu diesem Zeitpunkt sehr gut verstanden, Peppi und Kimba mich kannten, es mir auch nach wie vor sehr leid tat, daß ich Kimba abgegeben hatte, beschlossen wir, daß alle Drei zu mir und meinen Katzen auf die Finca zogen, zumal Kimba diese ja schon kannte, ebenso wie meine anderen Katzen.

Auch war die Situation nun ja einfacher, denn so hatten meine Katzen mich als Ansprechpartnerin, Bob war dann für Peppi und Kimba da. Anfangs war dies auch wirklich gut und hilfreich, denn die Katzen mußten sich ja untereinander kennen lernen. Und es war inzwischen ein wenig Zeit vergangen, vom Auszug Kimbas bis jetzt, sosaß auch Kimba sich wieder an all meine Katzen gewöhnen mußte und umgekehrt.

Und so verhielt es sich am Anfang so, daß Bob sich hauptsächlich mit Peppi und Kimba im Gästezimmer aufhielt, wo er sich einquartierte, denn wir waren nun wirklich gute Freunde, aber eben kein Paar mehr. Und Peppi und Kimba hatten so Sicherheit, fühlen sich wohl, während die anderen Katzen wie gehabt ihr Leben und ihren Rhythmus beibehalten konnten.

Es brauchte ein wenig Zeit, aber recht bald mischte sich alles, und Peppi und Kimba wurden komplett integriert, auch ließen wir sie nach kurzer Zeit mit den anderen zusammen raus.

Maske gibt sich die Ehre

Lange hatten wir Maske nun einmal wieder nicht
mehr gesehen. Dann aber, eines Tages, kam uns
Maske erneut besuchen. Er war richtig propper
geworden. Das alles sprach natürlich dafür, daß
Maske nun ein schönes Zuhause haben mußte.

Von nun an kam Maske uns wieder öfter bis
regelmäßig besuchen. Wer weiß, vielleicht hatte er in
der Zwischenzeit ein Zuhause, nun aber erneut
nicht? Es gibt auf Teneriffa ja viele Menschen, die
ein halbes Jahr auf Teneriffa leben und das andere
Halbjahr in Deutschland.

Doch für Maske blieb es so daß er es zwar ganz nett
bei uns fand, auch die eine oder andere Mahlzeit
gerne mitnahm, aber alles andere war ihm einfach zu
viel bzw. all die Katzen hier waren einfach nichts für
Maske.

Maske brauchte bei den anderen Katzen immer
einen Abstand von mindestens einem Meter. Er war
zwar stets lieb und entspannt, sobald ihm aber ein
anderer Tiger näher kam, knurrte er sofort.

Unsere Katzen hatten dieses Verhalten von Maske inzwischen akzeptiert. Doch ganz so einfach war es nicht, denn bei meinen Katzen war es so, daß die Katzen sich oft ein Küßchen geben, wenn eine von einem Ausflug zurück kommt. Insbesondere Cato hatte dies wieder und wieder bei Maske versucht. Doch mit der Zeit hatte auch Cato das dann aufgegeben...

Einmal wurde selbst ich sauer auf Maske. Er kam wie selbstverständlich und hatte von mir Futter bekommen. Da es keine Fütterungszeit für unsere Katzen war, saßen unsere Tiger artig in der Nähe von Maske, der fraß, sie aber nicht. Maske knurrte und knurrte.

Dann hatte Maske aufgefuttert und setzte sich auf die Terrasse, und knurrte und knurrte immer noch.

Ich sagte zu ihm: "So nun aber nicht. Die anderen sind so lieb und du bist nur am Knurren. Entweder, du benimmst dich jetzt hier, oder du kommst nicht mehr; schließlich bist du nicht bedürftig".

Die folgenden Tage kam Maske dann nur noch ganz früh, als ich noch nicht wach war...

Magic

Magic und seine Mutter Näschen kamen nun stets zur Futterstelle, morgens und abends.

Am Anfang das scheueste Katzenbaby, war Magic nun absolut zutraulich geworden. Er kam mir immer mit hoch erhobenem Schwanz entgegen, strich mir dann um die Beine und schlängelte sich zwischen meinen Füßen, bis wir dann gemeinsam an der Futterstelle ankamen.

Auch an diesem einen Morgen hatten wir dieses nun tägliche Ritual. Alles war wie immer, Magic hatte gar ganz doll geschnurrt.

Einige Stunden nach meiner Fütterung rief Mona mich an. Ich spürte und wußte sofort, daß etwas passiert sein mußte.

Mona hatte Magic gefunden, in der Nähe der Futterstelle, am Straßenrand. Er mußte unglücklich von einem Auto erwischt worden sein. Magic war tot.

Ich konnte es nicht fassen. Kurz vorher war doch noch alles gut, und Magic ging es bestens.

Nun, so plötzlich, hatte das Schicksal zugeschlagen; Magic war im Katzenhimmel. Er wurde noch nicht einmal eineinhalb Jahre alt.

Mona und ich verabredeten uns, und eine Weile später kam sie mit dem leblosen Schatz zu mir auf die Finca. Wir beerdigten Magic im Außenbereich unserer Finca.

Es war ein schwarzer Tag. So ein lieber Kater, der so viel Vertrauen geschafft hatte und mir seine Liebe täglich so sehr zeigte, und dies als Straßenkatze.

Tiger Mo

Zusätzlich war nun auch noch ein Tigerkater, den ich Mo nannte, meiner Freundin Mona zugelaufen.

Mo hatte einfach entdeckt, daß Mona draußen auf ihrer Terrasse, für ihre eigenen Katzen, immer Futter parat stehen hatte. Und so bediente sich auch Mo dort, der es gleichfalls genoß, sich auf Monas Terrasse in einem sicheren, geschützten Ort aufzuhalten.

Mo war ca. zwei Jahre jung. Allerdings war er ein Kater, der am liebsten Einzelkatze gewesen wäre. Er brauchte Menschen, "seine" Menschen, ein Zuhause, etc. Doch daher war er auch ein "Unruhestifter". Nicht selten jagte er die anderen Katzen, die Streuner in der Nähe ebenso wie Monas Katzen. Schließlich verhielt es sich so, daß sich Monas eigene Katzen gar nicht mehr auf ihre eigene Terrasse trauten, teilweise sogar gar nicht mehr raus gingen.

Mona ließ Kater Mo daher kastrieren, in der Hoffnung, daß er sich dann ein wenig entspannter verhalten würde. Dies war jedoch leider nicht der Fall. Und so suchten wir gemeinsam ein Zuhause für

Mo. Daß es nicht einfach würde, eine erwachsene Katze zu vermitteln, war uns auch hier klar. Lange meldete sich dementsprechend leider niemand auf unsere Gesuche.

In all der Zeit gewöhnten wir uns natürlich an Mo, und Mo gewöhnte sich an uns. Immer, wenn ich zum Füttern der Streuerkatzen ging, kam mir Mo freudig entgegen. Immer mußte ich ihn dann streicheln, oft begleitete er mich ein Stück.

Eine ganze Weile später aber berichtete Mona dann, daß sie ein tolles Zuhause für Mo gefunden hätte. Er wäre dort Einzelkatze und hätte dann genau das, was er schon immer wollte: seine Menschen ganz für sich alleine. Und so zog Mo bei Mona aus und bekam das für ihn passende, liebevolle neue Heim.

Maske hat Cato gebissen

Unsere kleine Peppi war nun das erste Mal außerhalb unserer Finca, auf dem Nachbargrundstück unten hinter unserer Mauer. Ich war mir nicht sicher, ob sie von selber wieder die Mauer, da sehr hoch, hochspringen konnte. Maske war auch da unten und sah Peppi, wie ich. Ich bat Maske, ihr doch zu helfen. Doch was machte Maske? Er nutzte diese Gelegenheit, denn ich selber kam nicht auf dieses Nachbargrundstück, und Maske ging auf Peppi los! Zum Glück nur kurz, dann ließ er sofort wieder von ihr ab, aber ich war natürlich absolut entsetzt. Das Gute daran aber war, so mußte Peppi all ihre Kräfte zusammen nehmen und alleine wieder nach oben kommen. Und sie schaffte es!

Am Silvestertag nun ging ich über unser Grundstück. Ich rief Cato, denn er fehlte zur Mittagsmahlzeit. Und da sah ich eine schwarze Katze, die den hohen Maschendrahtzaun von außen zu unserem Grundstück hoch kletterte! Dies machen Katzen so gut wie nie, denn dieser Maschendrahtzaun war ca. zwei Meter hoch! Es war Cato, und hinter ihm sah ich Maske. Cato schaffte es, kletterte den Maschendrahtzaun hoch und kam sicher auf der anderen Seite innerhalb von unserem Grundstück an.

Natürlich bot ich Cato sofort an, mit mir rein zu kommen, um jetzt zu fressen. Doch er ging nicht rein. Er legte sich einfach draußen auf die Liege. Ich tastete ihn ab. An bestimmten Stellen knurrte er mich weg. Das machte er sonst nie.

Später dann gab es noch einmal Futter für alle; alle Katzen waren drinnen. Doch Cato blieb auch hier, nun allerdings drinnen, auf dem Sofa liegen; Cato kam nicht zum Futternapf.

Ich gab ihm ein Stück Käse, das er sonst gerne mochte; auch hier, er nahm es nicht. Cato lag da, wie ein Häufchen, nein wie ein Haufen Elend. Und er zitterte leicht.

Dann leckte er sich an seinem hinteren Beinchen. Ich sah, daß er dort eine Wunde hatte. Nicht groß, aber eben eine Wunde.

Da es Cato sichtbar alles andere als gut ging, beschloß ich, mit ihm zum Tierarzt zu fahren. Ich wollte ihn vorsichtshalber untersuchen bzw. abtasten lassen. Schließlich war er Freigänger mit den üblichen Gefahren. Vorsichtshalber rief ich bei unserer Tierärztin an, denn es war ja Silvester, nun

Nachmittag. Wie immer hatte sie zum Glück Notdienst. Und so fuhren wir am 31.12. mit Cato zum Tierarzt.

Unsere Tierärztin untersuchte Cato, tastete ihn ab. Ich erzählte ihr gleich von der Wunde, die ich entdeckt hatte. Sie sah sich diese genauer an. Eindeutig ein tiefer Biß, so ihr Urteil. Und Cato hatte leichtes Fieber. Daher sein Zittern. "Darf ich Antibiotika geben?" fragte sie mich. Ich willigte ein.

Zuhause legte sich Cato gleich wieder hin, ins Bett. Aber es ging ihm zumindest insgesamt wieder besser, auch wenn er noch nicht wieder fressen wollte.

Und so konnten wir doch noch auf unsere Silvesterparty..., nachdem ich Cato noch ein homöopathisches Mittel zusätzlich unterstützend gegeben hatte.

Einen Tag später ging es Cato gleich wieder gut. Er war wieder "gut drauf" und fraß vor allem auch wieder.

Nun mußte ich natürlich kombinieren. Maske war ja bei der Situation mit dem Zaun hinter Cato. Cato kletterte über den Zaun, was er und auch sonst keine Katze je machen würde. Es war also sehr wahrscheinlich, daß Maske Cato gebissen hatte.

Eigentlich waren die Situationen mit unseren Katzen und Maske immer entspannt, auch wenn Maske dauerhaft knurrte, wenn eine andere Katze ihm zu nahe kam.

Doch erst das Losgehen auf Peppi, nun der Biß von Cato, das ging definitiv zu weit.

Maske war ja nicht bedürftig, er hatte ein Zuhause, wie es schien. Dies bewies sein neues Halsband. Er kam zu uns nur zum Fressen, weil er dies wohl angenehm und nett fand.

Ich mußte aber natürlich irgendetwas tun. Und so beschloß ich, daß Maske von mir kein Futter mehr bekommen sollte. Denn so würde er sich auch weniger auf unserem Grundstück aufhalten. Normalerweise ging Maske erst dann wieder, wenn er von mir etwas zu fressen erhalten hatte, auch wenn er warten mußte. Nun aber, da war ich mir sicher, würde Maske merken, daß sich etwas verändert hatte. Er kam nun zwar noch nach wie vor., ging aber auch recht gleich wieder, wenn ich seinen Napf nicht füllte.

Diese Situation war natürlich sehr schade einerseits, aber meine Katzen angehen, das ging natürlich überhaupt gar nicht.

Wirbelwind Peppi

Peppi, unser kleiner Wirbelwind, machte uns an einem Tag richtig Kummer. Sie war und blieb ein ewiges Katzenkind: spielen, toben, Spaß haben...

An einem Mittag kam sie rein, legte sich sofort hin, neben ihr eine arme tote Maus. Die Maus hatte Luna vorher auf die Finca gebracht, das hatte ich mitbekommen.

Ich sah sofort, daß mit Peppi etwas war. Ihr leicht schiefes Köpfchen bzw. ihr schiefer Hals war jetzt richtig schief, wie immer, wenn es ihr nicht gut ging. Und sie legte sich sofort wieder hin, wenn sie kurz etwas gegangen war.

So tastete ich sie ab, alles o.k., keine Schmerzensäußerung.

Es war Fütterungszeit. Daß Peppi keinen Hunger hatte, dachte ich mir; und so war es auch. Dafür erbrach sie.

Sie mußte wieder mit ihrem Köpfchen oder so gegen

etwas geprallt sein, sicherlich im Spiel oder beim Mäusefangen, so meine Vermutung. Also ein kleiner Schock, vielleicht ein kleines Trauma, ggf. gar eine kleine Gehirnerschütterung. So waren meine Gedanken.

Natürlich unterstützte ich sofort homöopathisch. Ich bugsierte Peppi ins Bett, wo sie artig liegen blieb. Auch als am Nachmittag alle anderen wieder raus düsten, blieb Peppi artig drinnen liegen.

Es ging ihr weiter nicht gut, kein Hunger, sie hielt ihr Köpfchen weiterhin sehr schief. Immer wieder ging ich zu ihr, streichelte sie, liebkoste sie. Weiter unterstützte ich mit der Homöopathie.

Dreimal an diesem Tag hatte sie leichte "Ausfälle" mit riesigen Pupillen, leichter Unkoordination, einmal wackelte sie mit ihrem Köpfchen, zweimal versteckte sie sich schlagartig unterm Bett. Es schien wie angedeutete epileptische Anfälle.

Weiter mit der Homöopathie, weiter bei ihr sein, für sie da sein.

Da Peppi immer "meine Energie aufsaugte", wenn es ihr nicht gut ging, nahm ich sie nachts zu mir mit ins

Bett. Die ganze Nacht lang lag sie ganz dicht an mich gekuschelt.

Das erste dann morgens nach dem Aufwachen - wie geht es Peppi?

Alles gut! Sie hatte Hunger, ging mit den anderen zu den Näpfen und fraß, danach spielte sie eine gute Runde mit Piña zusammen.

Waren wir erleichtert, daß es der kleinen Maus wieder gut ging, daß alles wieder o.k. war!

Es schnieft und schnauft

Fast alle unsere Katzen waren eines Tages krank. Kimbali hatte schon länger einen ganz leichten Schnöf. Cato bekam direkt nach seiner Antibiotikagabe wegen dem Biß von Maske einen Schnupfen, den ich aber homöopathisch sofort wieder stoppen konnte. Dann kam auf einmal Luna mit ordentlich Schnupfen, der langsam wieder besser wurde.

Und dann auf einmal waren sie fast alle krank!

Nur Sunny und Cato blieben topfit! Luna schniefte zwar noch leicht, fraß aber. Alle anderen aber schnupften und, das Schlimmste, sie fraßen nichts!

Wie konnte das sein? Meine Gedanken waren, daß zum einen das Wetter die Hauptursache sein mußte. Ja, auf Teneriffa... Wir hatten innerhalb kürzester Zeit erhebliche Temperatur- und Wetterunterschiede. Man kann schwitzend in der Sonne liegen, um dann kurz darauf mit drei Strickjacken übereinander an der Heizung zu sitzen. Wir Menschen können dies mit unserer Kleidung ausgleichen, die Katzen aber eben nicht. Und dann kamen noch die Bakterien von Kimba, Luna und Cato dazu, die ja bereits schnieften. Dies mußte für die kleinen Katzenkörper einfach zu viel gewesen sein.

Und so waren fünf von acht Katzen krank mit kompletter Appetitlosigkeit. Es schniefte und schnaufte nur so um uns herum.

Bonny machte uns anfangs am meisten Kummer, denn sie machte Geräusche, die uns vermuten ließen, daß sie evtl. zusätzlich etwas im Hals haben könnte, ein Grashalm o.ä. Sie lag nicht, sie saß nur, sie schlief nicht - ich auch nicht...

Und so fuhren wir erst einmal mit Bonny zum Tierarzt, um unsere Vermutung überprüfen zu lassen. Unsere Tierärztin sagte, daß es recht unwahrscheinlich wäre, von dem, was sie sehen konnte, daß Bonny wirklich etwas "fest sitzen" hatte. Dies wirklich genauer auszumachen aber wäre sehr aufwendig bzw. so gut wie unmöglich.

Wir erzählten der Tierärztin natürlich, daß alle unsere Katzen einen Schnupfen hatten. Sie sagte, so ein Virus kann dauern. Wichtig wäre, daß sie fressen. Wenn gar nichts geht, so die Handhabung in dieser Praxis, wird die Katze stationär aufgenommen, bekommt Infusionen und Antibiotika, bis sie frißt.

Ansonsten würde sie Bonny jetzt Antibiotika und einen Entzündungshemmer geben.

Ich fragte, ob dies denn wirklich helfen würde. Denn Antibiotika gehen ja nur gegen Bakterien an, nicht aber gegen Viren. Die Tierärztin bestätigte mir dies, indem sie sagte, daß so eben nur die Begleiterscheinungen gedämpft bzw. unterdrückt würden.

Ich fragte, ob sie ein Antibiotikadepot geben würde. Sie bejahte und riet zu einem Depot von vierzehn Tagen, da alles Kürzere nicht sinnvoll wäre, dann lieber gar keine Antibiotika. Ich mußte nachdenken. Etwas unternehmen wollte ich natürlich, doch Antibiotika stören eben auch die Homöopathie bzw. machen sie zunichte. Und so beschloß ich, daß Bonny nur den Entzündungshemmer bekam, kein Antibiotikum, wir gleichfalls für unsere anderen Katzen eine Flasche Entzündungshemmer vorsichtshalber mit nach Hause nahmen.

Zu Hause fraß Bonny ein klein wenig, die nächsten Tage aber wieder kaum.

Ich war natürlich gut beschäftigt, alle homöopathisch zu unterstützen, zu liebkosen, mit ihnen raus zu gehen, wenn die Sonne schien, etc.

Gleichzeitig kam immer auch Sunny, der nun natürlich langweilig war, weil sie die einzige war, die noch fit war (Cato war ja eh eine kleine Schlafnase...).

Zum Glück wurden recht bald Piña und Gipsy wieder topfit; keine Schnupfensymptome mehr, guter Appetit. Luna fraß ja eh gut, auch ihr Schnupfen war nun weg.

Doch Bonny, Peppi und Kimbali schnieften und schnauften weiter, fraßen so gut wie nichts. Ich versuchte alles, damit sie ein wenig zu sich nahmen: rohes Fleisch (ging ab und zu), Käse (der Retter...), ungesundes Feuchtfutter (ging selten), zum Schluß, was ich sonst nie machen würde, Trockenfutter. Das war die Rettung! So schlimm dieses Zeug ist, wir brauchten etwas, das so stark riecht, daß die Katzen es trotz Schnupfen merken. Und das ist bei Trockenfutter der Fall.

Ein klein wenig nahmen so also täglich auch die drei kranken Katzen zu sich. Dann bekam Peppi ein dickes Auge, das sie nicht mehr öffnen konnte. Weiter homöopathisch, besser. Am nächsten Tag dann hatte Kimbali das dicke Auge.

Bonny, Peppi und Kimbali lagen nun an einem

Abend so "platt" da, nebenbei alle immer an der Heizung, das wir uns entschlossen, den Dreien doch auch den Entzündungshemmer zu geben, den ich bisher nur parat liegen, aber noch nicht für alle genutzt hatte.

Am Morgen danach kamen dann auch Peppi und Bonny in die Küche mit den anderen. Ich gab ganz normales Futter - und auch unsere drei Sorgenkinder fraßen! Klar, nur ein wenig, aber sie fraßen!

Waren wir erleichtert!

Sie schnieften noch, doch die Augen von Kimba und Peppi waren wieder offen, sie fraßen jetzt ein wenig bzw. besser.

Nach und nach, ein paar Tage später, ging es dann allen wieder besser und gut.

Halswickel für Katzen

Als ich dachte, nun werden langsam alle wieder gesund, war es leider dann doch nicht wirklich so.

Kimbali hatte nun seit mehreren Tagen kaum etwas gefressen. Zum Fressen mußte ich sie immer sehr trickreich animieren, damit sie überhaupt etwas zu sich nahm. Sie lag nur noch drinnen, dicht an der Heizung.

Da dies nun schon einige Tage so ging, sind wir mit Kimba zu unserer Tierärztin gefahren.

Diagnose: Kehlkopfentzündung.

Daß sie dadurch nicht fraß, war nur verständlich. Normalerweise maunzt eine Katze mit Kehlkopfentzündung heiser, so daß man dies alleine daran erkennen kann. Doch Kimba maunzte für sich nicht, auch nicht, wenn sie kerngesund war...

Ich sagte der Tierärztin, daß mir diese Diagnose auch homöopathisch weiter helfen würde. Unsere Tierärztin darauf: "Soll ich etwas machen oder wollt ihr so wieder gehen und die Homöopathie einsetzen?" Was für eine super Tierärztin?!

Wieder fragte ich die Tierärztin, was sie machen würde. Sie würde Entzündungshemmer zum einen geben. Ich erzählte, daß ich dies bei den anderen bereits ohne Erfolg versucht hatte. Ferner würde sie Antibiotika geben. Allerdings zeigten ihre Erfahrungen, daß ein Depot nicht wirklich hilft, wenn die Beschwerden, wie bei Kimba, schon länger bestehen. Sie würde daher einmal eine Spritze geben und dann zu täglichen Gaben raten. Dies kam mir natürlich entgegen. Denn so konnte ich jederzeit überprüfen, ob die Antibiotika helfen oder nicht und ob Kimba sie noch weiter bräuchte. Auch hatte ich so weiter die Möglichkeit, auf die Homöopathie zu setzen.

Ob ich Tabletten in die Katze bekäme, fragte sie mich dann. Klare Antwort: „Nein". Aber es würde eine Paste geben, die man ihr per Spritze ins Mäulchen gibt. „Prima, perfekt, das bekomme ich hin", so meine Antwort.

Kurz hiernach war es dann so, daß nun auch Sunny, die ja bisher mit Cato die einzig top Gesunde war, auch kränkelte. Wenn Sunny krank war, das kannte ich schon, sah man es ihr förmlich an der Nasenspitze an. Sie bekam dann immer ein blasses

Näschen, Stirnfalten, knurrte beim Anfassen. Nun hatte es doch auch Sunny erwischt. Sie fühlte sich sichtbar elendig, wollte nicht raus, fressen schon gar nicht.

Einmal ging sie sich mit dem Pfötchen an ihr Mäulchen; etwas mußte sie da stören. So vermutete ich, daß auch sie eine Entzündung im Hals hatte, denn bei allen schien der Infekt sich auf den inneren Hals zu legen, und bei Kimba ja am meisten.

Und so bekamen Kimbali und Sunny einen Halswickel: ein feuchtkaltes Taschentuch auf den Hals gelegt, ein Tuch darum gewickelt. Denn dies hat sich in der Naturheilkunde bei Halsbeschwerden bewährt.

Dann endlich, ein paar Tage später, ein wirklich freudiger Tag für mich: Sunny fraß wieder und ging fröhlich wieder nach draußen. Und auch Kimba! Auch Kimba ging es endlich wieder gut! Sie nahm von selber Futter, bewegte sich von ihrem "Heizungsmuff", ging raus, spielte, war endlich wieder fröhlich.

Und auch Peppi, deren Schnupfen leider noch einmal schlimmer wurde, fraß wieder besser, schnupfte weniger, ging mit mir draußen spazieren.

Allerdings, und eigentlich mußte ich darüber schmunzeln, hatte nun Maske einen Schnief...

Aber er fraß nach wie vor gut und besuchte uns weiterhin. Es war ja nun eine gute Zeit verstrichen, nachdem er auf Peppi los gegangen war und Cato gebissen hatte, so daß ich Maskes Besuche wieder zulassen konnte, zumal er sich inzwischen wirklich entspannt verhielt.

Katerbesuch

Eines Tages hatten wir Besuch.

Wir waren fast alle auf der Terrasse, da sah ich zufällig einen Kater, groß, längeres Fell, weiß mit grau. Ich hatte ihn vorher noch nie gewesen.

Es konnte nur ein Kater gewesen sein, von Statur und Verhalten her.

Der weiße Kater saß direkt vor mir und meinen Katzen. Hm. Nun saßen wir alle da, und ich sagte zu meinen Tigern: „Warten, alle sitzen bleiben." Und so saßen wir alle da. Und saßen. Und warteten. Ich, meine Katzen, der fremde Kater.

Alle artig, die Situation abwartend, das Verhalten des Katers überprüfend. Auch er blieb einfach sitzen.

Nur Cato mußte sich sehr beherrschen, schließlich war er der Kater hier bei uns, und es war daher natürlich in seiner Natur, sein Revier zu verteidigen.

So einfach aber konnte der fremde Kater auch nicht wieder weg. Zum einen waren wir alle wirklich sehr dicht in seiner Nähe, gerade auch meine Katzen. Zum anderen war es nicht so einfach, wieder aus unserer Finca heraus zu finden, wenn man die Möglichkeiten nicht genau kannte.

Wie es aber Sunnys Art war, ging sie ganz entspannt auch zu diesem Kater hin, wie sie es bei allen "Neulingen" machte. Sie gab dann ein Nasenküschen, prüfte so die fremde Katze. Ich hatte immer den Eindruck, daß sie dann sagt: "Alles gut, hier ist alles gut".

Dieser Kater aber ging sofort in Abwehr-Angriffshaltung, als Sunny ihm näher kam. Keine Chance, auch nicht für unsere soziale Sunny.

Sunny versuchte es noch ein zweites Mal, wieder die gleiche Abwehr vom Kater.

So saßen wir da und saßen. Hätte ich nichts unternommen, würden wir alle sicherlich noch jetzt da sitzen...

Also nahm ich eine Katze nach der anderen rein. Zuerst Peppi und Kimbali, die beide schnell kurz noch einmal "größenwahnsinnig" wurden, dem Kater gegenüber. Dann Cato und die anderen. Nur Bonny und Sunny ließ ich kurz noch mit draußen.

Diese Zeit, also meine Beschäftigung mit meinen Katzen, hatte der Kater genutzt und sich weiter nach hinten begeben, wo ein kleines geschlossenes Tor war. Bonny und Sunny kamen mit mir nach hinten, wo wir ihn dann da sahen. Ich öffnete dem Kater das Tor, so daß er dort raus konnte. Dann schnappte ich mir auch Sunny und Bonny, holte auch diese beiden rein. Alle waren nun drinnen.

Ich ging noch einmal raus und schaute nach dem Kater. Er war nicht mehr da. Er hatte die Fluchtmöglichkeit verstanden.

Gut, dachte ich, machen wir erst einmal Mittag. Ich zählte drinnen die Katzen. Hm, eine fehlte: Gipsy. Sie lag doch tatsächlich auf der anderen Gartenseite und hatte von dem Spektakel gar nichts mitbekommen...

Vier ausgesetzte Mini-Katzenbabys

Es war Ostersonntag - ein Tag, den ich nie vergessen werde.

Am frühen Abend klingelten mehrere kanarische Mädchen, von denen mich einige hier als "Katzenfrau" kannten, da ich ja die Streunerkatzen fütterte, an unserer Tür.

In ihren Händen zeigten sie mir einen Karton mit vier Minikatzenbays. Wirklich einfach nur winzig, wie gerade erst geboren.

Sie hätten diese vier Kleinen bei den Mülltonnen alleine und auf sich gestellt gefunden, also in der Nähe meiner Futterstelle.

Ich dankte den Mädels ganz doll und bat sie, weiter nach der Katzenmutter zu schauen, wenn sie dort wieder wären, wo sie die Babys gefunden hatten. Vorsichtshalber, man weiß ja nie. Aber der Platz war eher ein offenes Gelände, und alles sprach dafür, daß die Kleinen bewußt dorthin gebracht wurden.

Verzweifelt nahm ich den Karton mit den winzigen Katzenbabys rein. Sie waren so klein, wirklich praktisch gerade geboren, vielleicht ganz wenige Tage alt. Es waren drei Tiger und ein Schwarz-Weißes.

Ich nahm sie erst einmal auf meinen Schoß, damit sie Wärme bekommen konnten. Ich streichelte sie, und ich war natürlich verzweifelt. Was sollte ich nun tun? Das Schwarz-Weiße war schon ganz schwach, alle waren so mini. Ich wußte, die Chance, daß sie es schaffen, war gering.

Dann holte ich die Aufzuchtflasche, die wir noch von unserer Sunny hatten, tat ein wenig Kondensmilch rein, denn etwas anderes hatte ich nicht da. Kein Kleines hatte den Saugreflex! Ich strich verzweifelt ein wenig Milch an ihre Mäulchen.

Und dann ging ich schluchzend ans Telefon und rief alle an, die mir hier vielleicht irgendwie helfen konnten. Es war ja nun auch Ostersonntag, also ein absoluter Feiertag in jeder Hinsicht. Das Tierheim in der Nähe - Anrufbeantworter. Die Tierärztin in der Nähe - keiner ging ran. Meine Freundin, auch Anrufbeantworter. Und unsere gute Tierärztin, die immer Notdienst hatte, auch hier ging niemand ans Telefon.

Doch dann rief unsere Tierärztin ein wenig später doch zurück. Ich schilderte ihr mein aktuelles Katzenproblem. Sie hatte natürlich die Ersatzmilch vorrätig und bot an, wenn ich ihr die Kleinen bringe, dann könne sie diese über Nacht versorgen. Und sie sagte auch, das wäre die einzige Chance, wenn die Babys die Nacht überstehen sollen.

Immerhin, prima, die einzige momentane Rettung. Nur hatte ich nun das Problem, daß ich bereits ein Glas Wein getrunken hatte, ich also nicht mehr fahren konnte bzw. sollte oder wollte. Zum Glück aber war ein guter Freund spontan bereit, den Einsatz zu übernehmen.

Auf ihn war absolut Verlaß, und er machte sich sofort auf den Weg zu mir. Und so fuhren wir dann mit den kleinen Katzenbabys zu unserer Tierärztin. Die ganze Fahrt über streichelte ich die Babys im Karton, denen ich ein Handtuch um sie herum für Wärme gelegt hatte.

Unsere Tierärztin wartete schon. Sie sagte gleich am Anfang beim ersten Blick auf die kleinen Wesen, daß das Schwarz-Weiße wirklich nicht gut aussehen würde. Sie wog die drei anderen: 90 Gramm hatte das Größte, die anderen beiden 60 und 70 Gramm.

Frisch geboren wären sie nicht, aber wenige Tage alt, so ihre Einschätzung.

Sie gab dem Schwarz-Weißen eine Mini-Infusion per Spritze, dann erhielt ein Katzenbaby nach dem anderen das Fläschchen, das praktisch eine Spritze ohne Nadel war. Der Saugreflex setzte ein bei den drei Tigern, doch einfach war es nicht.

Das kleine Schwarz-Weiße verstarb kurz darauf bei der Tierärztin, als wir noch da waren. Wir alle hatten es befürchtet, denn es war einfach schon zu schwach. Wir alle waren dabei, wie es sich auf einmal einfach nicht mehr bewegte.

Die anderen drei nahm unsere großartige Tierärztin mit zu sich nach Hause, denn sie mußten nun alle zwei Stunden (!) ihre Milch erhalten. Die Kleinen aber könnten nicht bei ihr bleiben, sagte sie jedoch zu mir, denn sie hatte ja auch den normalen Praxisdienst. Und so verabredeten wir, daß ich am nächsten Tag bei ihr anrief, damit wir dann weiter sehen konnten.

Und so rief ich gleich morgens am nächsten Tag unsere Tierärztin an. Die zwei kleineren Tiger hatten es leider auch nicht geschafft. Das hatte ich durchaus auch schon befürchtet. Aber das "Große" hatte eine

Chance, auch wenn es noch nicht über den Berg war. Es war von Anfang an das größte und stärkste Minibaby.

Dann erhielt ich von unserer Tierärztin die freudige Nachricht, daß sich eine liebe Frau, die sie kannte, angeboten hatte, die Versorgung des Kleinen zu übernehmen! Wie großartig! Denn das stand mir natürlich bevor, daß ich dies nun übernehmen mußte, wenn es keine andere Lösung geben würde. Einzig wurde ich gebeten, wenn möglich, die Kosten für die Milch zu übernehmen, da diese Frau nicht so viel Geld hatte. Ich war ja froh, daß sie so lieb war und sich kümmerte und sagte natürlich zu.

Diese wolle das Katzenbaby jedoch nicht auf lange Sicht behalten, wurde mir auch noch mitgeteilt. Die nächste Versorgung und Fürsorge aber war erst einmal gesichert, und dies war nun erst einmal das Wichtigste. Alles andere konnte man immer noch sehen. Nun hofften wir erst einmal, daß zumindest dieses eine es schafft.

Eine Amme, also eine Katzenmutter, die bereits Babys hat, und das Kleine adoptiert, wäre natürlich nach wie vor die beste Lösung. Auch in dieser Hinsicht hatte ich bei einigen hilfreichen Stellen vom aktuellen Notfall erzählt, beim Tierheim per Anrufbeantworter und in unserem Futterladen.

Es war ja wieder einmal ein besonderer Feiertag, jetzt Ostern, wo etwas Aufregendes mit Katzen in mein Leben trat. Und so langsam fand ich es wirklich sehr bezeichnend, daß ausgerechnet so oft an den großen Feiertagen (Weihnachten, Silvester, jetzt Ostern) ich immer mit Katzennotfällen beim Tierarzt bin...

Kurz darauf bin ich noch einmal in die Tierarztpraxis gefahren, um das Geld für die Ersatzmilch für das Kleine zu übergeben. Mir wurde berichtet, daß es ihm prima ging und die Frau sich lieb und gut um ihn kümmerte.

Doch ein paar Tage später bekam ich leider dann doch die nächste und letzte traurige Nachricht. Auch dieser starke kleine Schatz hatte es nicht geschafft.

Wir alle hatten alles gegeben: die kanarischen Mädels, mein hilfsbereiter Freund, die Tierärztin und die liebe Frau, die sich dem Kleinen annahm, und auch ich. Doch es sollte nicht sein.

Ich fürchte, daß die Kleinen einfach zu lange von ihrer Katzenmutter getrennt waren, um noch genügend Wärme und Kraft zu haben für diese Welt.

Kimba ist sehr krank

Alle Kinder von Näschen wurden mit Leukose geboren. Dies wußten wir nun, denn so ziemlich alle zeigten die typischen „Schwachstellensymptome" wie geschwollene Lymphknoten und eine Zahnfleischentzündung.

Ich wußte somit, daß ich durch die Aufnahme von Peppi und Kimba Leukose ins Haus gebracht hatte. Und daß Leukose hier auf Teneriffa sehr verbreitet ist, wußte ich nun auch. Bis dahin war ich darüber leider nicht informiert. Meine anderen Katzen aber zeigten zum Glück keinerlei Auffälligkeiten.

Allerdings war ich mir bewußt, daß Peppi und Kimba somit ein empfindliches und nicht perfektes Immunsystem hatten.

Peppi hatte oft geschwollene Lymphknoten und litt immer einmal wieder unter einer Zahnfleischentzündung. Aber wir schafften es immer, sie mit der Homöopathie so gut zu unterstützen, daß sie gut damit zurecht kam und ihre angeborene Fröhlichkeit blieb.

Bei Kimba stellte ich nie eine Zahnfleischentzündung fest, und ihre Lymphknoten waren nur ganz leicht geschwollen.

Nun aber hatte ich selber einen sehr heftigen Infekt. Das Wetter hier in Höhenlage war im Winter oft schwierig, oder auch öfter kühl und regnerisch. Und so richtig kuschelig konnte man es drinnen auch nie bekommen.

Dazu kam, daß ich mich ein wenig überfordert fühlte, da ich immer und überall eingespannt wurde, wenn es um Katzen ging.

Und so hatte der Infekt es dann leicht, mich in die Knie zu zwingen.

Am Anfang jedoch war mir all dies gar nicht so bewußt, auch nicht, daß ich einen wirklich heftigen Infekt hatte, weil ich es vielleicht anfangs nicht wirklich so richtig bemerkte bzw. einschätzte.

Und Kimba kuschelte so gerne bei mir, vor allem, wenn ich im Bett war.

Auf einmal bemerkte ich, daß Kimba ähnliche

Symptome zeigte wie ich. Sie fraß schlecht, und ihre Atmung war auffällig.

Wie immer erhielten Kimba und ich homöopathische Mittel, tatsächlich die selben, weil wir ja ähnliche Symptome hatten. Und da ich den Zusammenhang erkannte,   versuchte ich nun natürlich auch, weniger und vor allem nicht mehr so dicht mit ihr zu kuscheln.

Mir selber ging es dann so langsam besser, auch Kimba gefiel mir eigentlich ganz gut, wenn auch noch nicht perfekt.

An einem Tag streichelte ich sie und fühlte auf einmal vorne rechts bei der Schulter vorne etwas Erhabenes, einen großen Knubbel, ziemlich hart, nicht beweglich.

Natürlich hatte ich die ganze Zeit im Kopf, mit ihr zum Tierarzt zu fahren. Diese unschöne Entdeckung ließ mich Kimba nun sofort einpacken, denn ich wollte, daß dies abgeklärt wurde.

Und so fuhren wir zu unserer Tierärztin. Sie tastete diese Erhebung ab und meinte, daß es vielleicht ein Abszeß wäre. Ich sagte jedoch sofort, daß dies recht unwahrscheinlich wäre, da Kimba sich in letzter Zeit eigentlich nur auf der Terrasse aufgehalten hatte.

Vorsichtshalber piekste die Tierärztin Kimba einmal in die Erhebung, damit die dort enthaltene Flüssigkeit untersucht werden konnte.

Und Kimba bekam einmal Antibiotika. Dem stimmte ich nun natürlich zu.

Kimba und ich fuhren wieder nach Hause.

Ihre Atmung blieb auffällig, und nun fing Kimba an, jedes Essen sofort wieder zu erbrechen. Sie wollte fressen und fraß auch ein wenig. Doch kurz danach kam alles wieder raus. Für sich aber aß sie jetzt nicht mehr viel, und ich versuchte, ihr alle paar Stunden etwas zu geben, strich ihr Paste ins Mäulchen, etc.

Doch es blieb so schlecht. Kimba fraß kaum, und was sie fraß, kam sofort wieder oben bei ihr raus.

Und so bin ich wieder mit ihr zur Tierärztin gefahren. Dort angekommen, wurde beschlossen, Kimba einmal zu röntgen, um so erkennen zu können, warum sie erbricht.

Und der Befund, was diese Erhebung vorne betraf, lag nun auch vor. Laienhaft ausgedrückt: ein „Leukosetumor". Also ein Tumor, der mit der Leukose zusammenhängt.

Daß Kimba sehr wahrscheinlich Leukose hatte, erwähnte ich in dieser Hinsicht natürlich. Ein Test war daher nicht erforderlich.

Nun, Kimba wurde geröngt; ich mußte warten und ging draußen spazieren.

Dann durfte ich wieder rein, zur Tierärztin und zu Kimba. Sie zeigte mir das Röntgenbild. Kimbas Thorax, also der Brustraum, war voller Flüssigkeit.

Nun war klar, warum ihre Atmung auffällig war und warum sie das Futter immer sofort erbrach, warum sie kaum Appetit hatte.

Die Tierärztin schlug vor, daß sie Kimba erst einmal dort behalten, sie mit Antibiotika und Entwässerungsmedikament behandeln, sie beobachten, in der Hoffnung, daß dies anschläge und Kimba wieder fressen und nicht mehr erbrechen würde.

Natürlich willigte ich ein.

Alleine, ohne Kimba, fuhr ich wieder nach Hause. Verzweifelt, übertraurig, die ganze Fahrt weinend. Doch irgendwie kam ich heil zu Hause an.

Zwei Tage später rief die Tierärztin mich an, daß es Kimba gut ginge, sie fraß, und ich könnte sie wieder nach Hause holen, zumal ihr bewußt war, daß das eigene Zuhause wichtig für die Seele der Katze ist.

Meine Freundin Silke war so lieb, mich zu fahren. Denn sie wußte natürlich, wie es mir ging. Und so fuhren wir gemeinsam wieder zur Tierärztin und holten Kimba ab. Wie glücklich war ich! Im Auto saß ich hinten mit Kimba und nahm sie sofort aus ihrer Box und knuddelte sie einmal so richtig durch. Wie glücklich war ich, Kimba wieder nach Hause holen zu können.

Willkommen Lucky

Eines Tages rief mich eine Bekannte am Sonntag ganz früh an: "Du, bei mir im Garten sitzt ein kleines Katzenbaby mit ganz verklebten Augen. Die Katzenmutter muß es mir dorthin gesetzt haben. Meine Nachbarn haben doch so viele Katzen, die immer wieder Babys bekommen."

Ich sagte ihr, sie möge ihm die Äuglein sanft mit warmem Wasser abwischen, damit sie sich ein wenig öffneten. Und ich wollte versuchen, so bald wie möglich zu kommen, was ich ein wenig später dann auch tat.

Und so besuchte ich sie und sah das kleine Kätzchen. Winzig, die Augen komplett zu, da verklebt. Meine Bekannte hatte dem Kleinen bereits die Augen ausgewischt und sagte, das ganz viel Eiter heraus gekommen wäre. Klar, unter der Verklebung hatte sich dieser gesammelt.

Erneut säuberte ich dem Kleinen die Augen. Ich hatte ein homöopathische Mittel dabei, gab dies in etwas Kondensmilch, hielt dies dem Kleinen auf meinem Finger hin – das Kätzchen schleckte es artig ab.

Dann sagte ich, daß wir nun versuchen müßten, daß die Katzenmutter das Kleine wieder annimmt. Nach einer Weile sahen wir dann draußen die Katzenmutter, das Katzenbaby war in meinem Arm. Das Kleine rief nach ihr,; das war schon einmal sehr gut. Wir setzten das Kätzchen in die Nähe seiner Mutter. Doch die Mutter ging nicht hin. Wir entfernten uns weiter, damit sie vor uns keine Angst haben brauchte. Doch sie ging dennoch nicht zum Kleinen. Wir setzten das Baby noch dichter in ihre Nähe, wobei sie vor uns dann aber komplett flüchtete. Dann verschwand die Katzenmutter in eine Art natürlichen Tunnel.

Vier Babys hätte sie, so informierten uns die Nachbarn, zwei Siamkatzen und zwei Schwarze. Die Katzenmutter wird zu ihren anderen Kleinen gegangen sein, in den Tunnel, so war unsere Vermutung. Die Katzenmutter schaute mich dann auch tatsächlich aus dem Tunnel an. Ich setzte ihr Baby in den Tunneleingang. Es war eines der kleinen Schwarzen. Keine Reaktion der Katzenmutter jedoch. Sie rief nicht, sie nahm es nicht - sie ging.

"Laß es uns wieder in meinen Garten setzen, dann holt es die Mutter vielleicht", sagte meine Bekannte. "Nein, denn wenn die Mutter nicht gleich kommt, wird das Kleine sterben. Das geht nicht." So meine Antwort. Denn es war noch so klein, es war nicht wirklich warm draußen, das Katzenbaby aber brauchte jetzt auch Wärme.

Also nahmen wir das kleine Kätzchen wieder rein und hatten nun natürlich ein Problem. "Laß uns versuchen, ob es schon normales Futter nimmt", so meine Idee. Denn wenn es noch Muttermilch brauchte, so sah es von der Größe her eigentlich schon aus, dann hätten wir ein weiteres Problem. "Habe ich schon versucht, nimmt es nicht", antwortete meine Bekannte. "Laß es uns noch einmal versuchen", war meine Antwort.

Wir stellten ein wenig Feuchtfutter vor das Kleine – und es fraß!

Das war gut und sehr wichtig, denn sonst hätte ich auch hier wieder zum Tierarzt gemußt, hätte es doch noch Ersatzmilch gebraucht; schließlich war dann auch noch wieder einmal Sonntag.

Da es fraß, mußte es ca. vier Wochen alt sein, auch wenn es noch jünger aussah. Denn ungefähr ab diesem Zeitraum beginnen die Kleinen, sich von der Muttermilch langsam abzunabeln und alleine zu fressen.

Meine Bekannte aber wollte das Kleine nicht behalten, denn sie hatte selber einen sehr alten und pflegeintensiven Hund, eine eigene Katze und mehrere Streunerkatzen, die sie fütterte. Und sie selber war auch schon älter und leider nicht mehr so fit, so daß sie mit dem Kleinen, das wegen der verklebten Augen ja auch Hilfe brauchte, überfordert gewesen wäre.

So gingen wir alle Alternativen durch. Wer würde es nehmen, wo würde es ihm gut gehen? Es fand sich keine gute Alternative. Zu viele schlechte Erfahrungen hatte ich hier leider auch mit dem Tierschutz gemacht.

Natürlich ging ich auch selber durch, dieses kleine Wesen aufzunehmen. Schon längst aber war mir natürlich auch bewußt, daß ich nicht alle Katzenbabys von Teneriffa aufnehmen kann. Es lebten ja auch schon einige Schätzchen bei mir. Und schließlich hatte ich ja auch Kimba, der es nicht gut ging, die ganz viel Liebe und Betreuung von mir brauchte.

Doch es mußte relativ sofort eine Lösung her.

Und so, man ahne es, nahm ich das Kleine mit zu mir nach Hause. Ich setzte es einfach auf meinen

Schoß unter mein Shirt, und fuhr so mit ihm die wenigen Minuten im Auto nach Hause.

Seine Augen waren so verklebt, ich brauchte sehr lange, bis ich sie zumindest ein wenig frei bekam. Dann mußte ich sie recht schnell wieder säubern, weil sie sofort wieder verklebten.

Hatte das Kleine die Augen einmal auf, konnte es minimal sehen, aber immerhin - was für eine Freude für diesen kleinen Schatz, die Welt zu entdecken! Doch die Augen selber blieben dick geschwollen, stark entzündet.

Nie aber werde ich diesen berührenden Moment vergessen, wo das Kleine die Augen das erste Mal richtig auf hatte und so glücklich war. Und als es dann merkte, daß die Sicht wieder schlechter wurde, da strich es so herzzerreißend über die Augen, als hätte es sagen wollen: „Nein, bitte nicht, bitte nicht wieder zugehen".

Und so holte ich Antibiotika-Augentropfen, denn ohne hatten wir hier keine Chance. Hier reichte die Natur nicht aus. Diese Augentropfen gab ich dem Kleinen anfangs alle ein bis zwei Stunden. Es dauerte zwei Tage, dann wurden die Augen besser und es brauchte die Tropfen nur noch selten.

Noch ein paar Tage später waren die Augen komplett auf, und das Kleine brauchte überhaupt keine Tropfen mehr.

Es war ein Kater! Eindeutig zu sehen, auch wenn er noch so klein war.

Und er war so artig und clever zugleich. Blieb in der Nähe, akzeptierte mich als Ersatzkatzenmutter, entdeckte gleichfalls seine kleine Katzenwelt. Wie es immer so ist, versuchte auch er schnellstmöglich, den großen Katzen alles nach zu machen. Er fand es z.B. besser, die Katzenklos der Großen zu nutzen und dort hinein hoch zu klettern, als sein eigenes kleines Katzenklo für Katzenbabys zu wählen.

Ich konnte ihn auch, also er die Augen gut öffnen konnte, relativ gleich mit raus lassen, weil er sich so artig verhielt und ich somit sicher sein konnte, daß er immer in direkter Nähe blieb.

Draußen machte er weiter den großen Katzen alles nach und angelte mit der Pfote wie sie auch in den Steinen, ohne zu wissen warum. Schließlich machten die Großen dies ja auch – sie angelten dort nach Eidechsen.

Recht bald hatte sich alles auch ein wenig eingespielt. Die meisten meiner anderen Katzen akzeptierten ihn schnell, gaben ihm sogar ab und zu ein Küßchen.

Peppi und Gipsy fauchten ihn anfangs noch an, vor allem Peppi, die bisher ja unser "Baby" war; sie war nun absolut eifersüchtig. Denn nun war sie ja nicht mehr das Baby, da war ja noch der Kleine nun auch. Mit der Zeit aber wurde auch dies immer besser.

Ich gab dem Kleinen den Namen Lucky. Lucky, weil er das Glück hatte, so eine clevere Katzenmutter zu haben, die ihn in den Garten meiner Bekannten setzte, damit ihm geholfen werden kann. Lucky, weil er Glück hatte und leben und überleben durfe. Lucky, weil er nun hier bei und mit uns leben durfte.

Mit Lucky zog ein Sonnenschein bei uns ein.

Engel Kimba

Kimba ging es weiter nicht gut. Fast jedes Futter erbrach sie, wenn sie überhaupt etwas zu sich nahm.

Fast stündlich versuchte ich, ein wenig in sie hinein zu bekommen. Sanft strich ich ihr mit dem Finger immer wieder ein wenig Nahrung ins Mäulchen.

Kimba wurde immer dünner, sie lag fast nur noch. Ihre Atmung blieb auch weiter auffällig.

Und dann war ja nun zusätzlich auch seit zwei Wochen der kleine Lucky bei uns.

Für mich war es eine sehr anstrengende und schwierige Zeit: Luckys Augen mit Augentropfen versorgen, mich um Kimba kümmern. Ich war rund um die Uhr voller Liebe im Einsatz.

Doch Kimba hatte sich mit der Zeit auch von mir zurück gezogen. So schmusig wie sie sonst immer war, nun suchte sie nicht mehr meine Nähe. Ich wußte, daß ich dies respektieren mußte, es war ihre Entscheidung. Dennoch aber ging ich natürlich immer wieder zu ihr und zeigte ihr meine Zuneigung.

An einem Abend ging es ihr weiter nicht gut. Sie lag auf der Couchlehne im Wohnzimmer. Alle Katzen waren drinnen, und es war Schlafenszeit. Ich merkte, daß Kimba nicht schlafen konnte. Sie hatte die ganze Zeit ihr Köpfchen hoch, ihre Augen waren auf. Und so legte ich mich diese Nacht zu ihr auf die Couch, um bei ihr zu sein.

Schon länger war es so, daß Kimba die Kälte suchte und sich immer wieder flach auf den Fußboden legte. Dies machte sie auch einmal diese Nacht. Sie war hinter der Couch, und ich wußte, Peppi war bei ihr.

Dann hörte ich eine Art Schrei, es mußte Peppi gewesen sein. Ich schaute nach, hinter das Sofa. Da saßen Peppi und Kimba, ganz entspannt.

Im Nachhinein bin ich mir sicher, daß Kimba Peppi hier etwas „erzählt" hatte. Kimba wußte, was passieren würde, was kommen würde. Und sie kommunizierte es ihrer Schwester Peppi. Peppi war entsetzt und schrie daher.

Die ganze Nacht lang lag ich dann auf dem Sofa, Kimba oben auf der Sofalehne. Immer wieder schaute ich zu dieser wundervollen weißen Katze, wissend, daß es ihr nicht gut ging. Die ganze Nacht machte Kimba kein Auge zu. Die ganze Nacht konnte sie nicht schlafen.

Zwischenzeitlich war Bob schon länger wieder ausgezogen. Auch wenn wir gute Freunde waren, das Zusammenleben funktionierte nicht.

An nächsten Morgen rief ich dann Bob an. Und ich rief unsere Tierärztin an.

Ich wußte, daß der furchtbare Zeitpunkt gekommen war. Diese schlimme Nacht für Kimba hatte mir deutlich gezeigt, daß sie sich quälte. Ich war jetzt in der Verantwortung, eine Entscheidung zu treffen, etwas zu tun, für Kimba, aus tiefer Liebe zu ihr.

Und so machte ich diesen furchtbaren Anruf bei der Tierärztin. Sie kam am Nachmittag, hatte extra alle Pläne umgeschmissen, damit sie zu uns, zu Kimba kommen konnte.

Bob kam natürlich gleich, nachdem ich ihn angerufen hatte. Er war mir ein guter und wichtiger

Halt. Es war auch seine Kimba, und so ging es ihm wie mir.

Den ganzen Tag war Kimba noch mit uns allen draußen auf der Terrasse, die Sonne schien.

Ich werde nie dieses Bild vergessen: unsere wundervolle weiße Kimba, geschwächt, Abschied nehmend und dahinter der kleine schwarze Lucky, dessen Leben gerade erst begann.

Und dann kam der Zeitpunkt, als unsere Tierärztin zu uns kam, am Nachmittag. Die anderen Katzen waren drinnen, Kimba war draußen mit uns auf der Terasse in der Sonne. Ich setzte Kimba zu mir auf die Liege, streichelte sie voller Liebe und Traurigkeit.

Kimba erhielt die erlösende Injektion.

Unsere wundervolle Kimba, mein weißer Engel auf Erden in Katzenform, sie war von uns gegangen. Ihr Körper konnte nicht mehr.

Zur Tierärztin sagte ich: „Da rette ich ihr Leben, und nun dies". Und die Ärztin antwortete: „Ja, verdammte Krankheit, die Leukose. Aber ohne dich hätte sie diese Zeit, dieses Leben, gar nicht gehabt".

Kimba wurde gerade einmal zwei Jahre alt.

Die Ärztin war weg, Bob blieb bei mir. Wir schauten unsere Kimba an und weinten. „Als würde sie schlafen", sagte ich, nur schlafen.

Kimbas Seele

Ein paar Tage nachdem unsere geliebte Kimba von uns gegangen war, machte ich draußen mit meinen Freundinnen Yoga.

Wir lagen entspannt auf dem Rücken, machten eine Übung, und ich schaute in den Himmel.

Es war unglaublich, was ich da sah. Der Himmel war komplett wolkenlos und zeigte sich in einem zauberhaften Hellblau. Als ich so in den Himmel schaute, sah ich etwas kleines Weißes, das wie ein Taschentuch im Himmel schwebte. Es war fast windstill. Es war kein Vogel, denn es bewegte sich nicht. Es glitt entspannt vor sich hin. Sonst war nichts zu sehen, nur dieses schwebende Taschentuch.

So etwas hatte ich noch nie gesehen.

Ich wußte sofort: Das ist Kimbas Seele.

Ich durfte Kimbas Seele sehen. Es war ein magischer Moment, ein Moment, den ich in meinem ganzen Leben niemals vergessen werde.

Übersinnlich, überirdisch, unglaublich, und doch wahr.

Ich setzte mich auf, verfolgte das kleine weiße Taschentuch noch ein wenig im Himmel, bis es nicht mehr zu sehen war.

Meine Verbindung zu Kimba war so groß, daß ich dieses Wunder erleben durfte.

Katzenratgeber

von Kirsten Schulitz

Das Katzengesundheitsbuch

Krankheiten vermeiden

und das Immunsystem stärken

mit einer gesunden Katzenernährung

ohne körperliche und seelische Belastungen

ISBN 978-3738627459

Symptomatische Homöopathie für Katzen

Homöopathische Hausapotheke

ISBN 978-3848221943

Natürliche Heilmittel für Katzen

ISBN 9783752611175

Ganzheitliche Katzenfibel

Alternativer Ratgeber

für ein glückliches und gesundes Katzenleben

ISBN 978-3837092882

Niereninsuffizienz bei Katzen

gezielt mit Homöopathie

und der richtigen Ernährung

selbst behandeln

ISBN 978-3744887991

Zahnfleischentzündung bei Katzen

mit Homöopathie und mehr Naturheilkunde selbst behandeln

ISBN 978-3752813562

Katzenschnupfen

mit Homöopathie selbst behandeln

ISBN 9783752873283

Haut- und Fellprobleme bei Katzen

mit Homöopathie, weiteren natürlichen Heilmitteln
und der richtigen Ernährung selbst behandeln
ISBN 978-3752820065

Hilfe, meine Katze leckt sich kahl!

Ursachen und Behandlungsmöglichkeiten,

wenn die Katze sich ihr Fell ausleckt;

mit Bachblüten und Homöopathie

ISBN 978-3741255892

FSC

www.fsc.org

MIX

Papier aus ver-
antwortungsvollen
Quellen
Paper from
responsible sources

FSC® C105338